Les murs ont des oreilles

J'AI LU

R.L. STINE

R. L. Stine est né en 1943, à Bexley, dans le banlieue de Columbus, Ohio. Fils aîné d'une famille modeste, il découvre une vieille machine dans son grenier et décide d'écrire son premier recueil d'histoires drôles. Diplômé de l'université d'Ohio, il part en 1967 pour New York dans l'espoir de s'y voir consacrer écrivain. Il sera d'abord rédacteur en chef du magazine humoristique pour enfants Bananas. *Un an plus tard, il y rencontre sa femme, Jane, avec qui il aura un fils, Matt.*
Il décide alors de se lancer dans un genre nouveau : les livres d'épouvante pour les jeunes. Il connaît un énorme succès et chacun de ses livres est un best-seller. Quand on lui demande d'où lui viennent ses idées, il répond s'inspirer du mode de vie et du langage de son fils, auxquels il mêle les frayeurs du petit garçon qu'il était.
Il vit depuis plus de vingt ans à Manhattan où il écrit tous les jours dans son appartement près de Central Park.

R.L. Stine

Les murs ont des oreilles

Traduit de l'américain
par Valérie Guilbaud

Éditions J'ai lu

Titre original :
FEAR STREET™ – WHAT HOLLY HEARD
This edition is published by arrangement with the original publisher, Pocket Books, a division of Simon & Schuster Inc., New York.

1

— Vous ne devinerez jamais ce qu'on vient de me raconter ! s'exclama Holly Silva tout en parcourant à grandes enjambées la distance qui la séparait de ses deux amies, dans le long couloir de Shadyside High.

Miriam Maryles et Judie Carver échangèrent un regard entendu. C'était visiblement l'heure des potins. La sonnerie venait de retentir et les deux jeunes filles étaient en train de fouiller dans leurs casiers.

Holly hâta le pas, ses jolis cheveux bruns ondulant sur ses épaules. Son foulard fétiche, bleu électrique, flottait derrière elle.

— La reine de la rumeur va encore frapper, grommela Judie.

Miriam ne put s'empêcher de sourire.

— Vas-y, raconte ! fit-elle à l'adresse de Holly.

Miriam *raffolait* des histoires rapportées par Holly, contrairement à Judie, qui les accueillait toujours avec une certaine froideur.

« Comme d'habitude ! » remarqua Miriam en apercevant la moue réprobatrice de Judie.

Ses deux amies étaient on ne peut plus différentes l'une de l'autre. Judie était timide mais cachait derrière une apparence tranquille un esprit sarcastique, alors que Holly, pétillante et toujours pleine d'entrain, adorait amuser son entourage.

Judie ne portait jamais de maquillage et n'attachait pas ses cheveux ; Holly, quant à elle, passait de longues heures à travailler son look. Elle se faisait un brushing presque tous les jours et était toujours habillée à la dernière mode. On la reconnaissait aisément au foulard bleu qui ne la quittait pas car, disait-elle, il lui portait bonheur.

Miriam se prenait parfois à souhaiter que ses amies s'entendent mieux. Mais elle finissait toujours par conclure qu'au fond cela n'avait pas grande importance : elle les aimait toutes les deux, telles qu'elles étaient. Elles la faisaient rire et, surtout, elles étaient toujours prêtes à l'écouter lorsqu'elle ressentait le besoin de parler. Pour Miriam, c'était à cela que l'on reconnaissait ses vrais amis.

— Qu'est-ce que tu as encore découvert ? lança Miriam, impatiente.

Holly se rapprocha.

— Vous ne me croirez jamais !

— Raconte ! insista Miriam.

— Apparemment, il y a deux semaines que Mei Kamata et sa mère n'arrêtent pas de se disputer, finit par déclarer Holly.

Ses beaux yeux verts se dilatèrent.

— Et figurez-vous qu'elle vient de m'annoncer que si ça continue, elle va partir de chez ses parents.

— Oh ! la, la ! murmura Miriam.

Pour un scoop, c'en était un ! Mei Kamata, qui appartenait à l'une des plus riches familles de Shadyside, était une de ses anciennes amies.

« Comme quoi... l'argent ne fait pas le bonheur ! » remarqua Miriam pour elle-même.

— Attendez, ce n'est pas tout ! poursuivit Holly. Devinez à cause de qui elles se disputent tout le temps ? A cause de Noah !

— Quoi ?! s'exclama Miriam. J'avais pourtant cru comprendre que les parents de Mei étaient plutôt sympas avec lui...

Holly secoua la tête.

— Ses parents sont médecins, Miriam, poursuivit-elle. Réfléchis deux secondes. Ils n'arrêtent pas de lui dire qu'il faut qu'elle travaille dur et réussisse en classe. Noah n'est pas du tout leur style.

Miriam dut en convenir. Noah Brennan était le plus célèbre des élèves de terminale, bien que sa célébrité n'eût rien d'enviable. C'était ce qu'on appelle une forte tête, imprévisible et arrogant. Grand, très musclé, il s'était fait percer deux trous à l'oreille.

Miriam ne l'appréciait guère, parce qu'il donnait toujours l'impression de juger les gens au lieu de les écouter. Les mordus du sport probablement intimidés l'évitaient. Les filles murmuraient sur son passage. Quant aux professeurs, ils le regardaient comme s'il s'agissait d'un rcpris dc justice.

« C'est exactement le genre de garçon que mes parents n'aimeraient pas me voir fréquenter », se dit Miriam.

— Si Mei en veut à sa mère, intervint Judie, et qu'elle tient à l'énerver, alors elle n'a qu'à continuer à amener Noah chez elle. Mme Kamata doit être malade de voir sa fille traîner avec un type pareil !

Miriam sourit. Judie venait de lire dans ses pensées.

— Qu'est-ce qui va se passer à votre avis ? demanda Holly.

— Dis donc, c'est toi qui sais toujours tout d'habitude ! la taquina Miriam.

Les yeux verts de Holly pétillèrent.

— Eh bien, c'est que...

— Tu ne nous as pas tout dit, Holly. Qu'est-ce qu'il y a d'autre ? Raconte ! la pressa Judie.

— Je croyais que tu détestais les potins ! ironisa Holly en partant d'un grand éclat de rire.

Judie se raidit, piquée au vif, consciente qu'elle venait de faillir à sa réputation.

— C'est vrai, admit-elle, en général je n'aime pas qu'on parle des autres derrière leur dos mais j'étais juste... euh... curieuse de la suite.

Miriam se félicita que son amie s'intéresse, pour une fois, à autre chose qu'à ses bouquins.

Elle ne pouvait s'empêcher de penser qu'elles s'amuseraient bien plus toutes les trois si Judie daignait sortir un peu de sa coquille.

Miriam ne comptait plus le nombre de fois où elle l'avait présentée à des garçons ou invitée à des fêtes. Ce soir même d'ailleurs, elle avait arrangé un rendez-vous entre son cousin Patrick et Judie. Elle les trouvait bien assortis.

Mais Judie, comme à l'accoutumée, avait freiné des quatre fers, avant d'accepter. Miriam ne s'expliquait pas sa timidité presque maladive.

— Moi, je pense que Noah et Mei vont être obligés de rompre, lança Holly, tirant Miriam de sa rêverie.

— Alors là, ça m'étonnerait ! rétorqua-t-elle. Mei est folle de lui et elle ne va certainement pas arrêter de le voir sous prétexte que sa mère ne l'aime pas.

Holly soupira.

— L'espoir fait vivre...

— Non, mais je rêve ! Tu t'intéresses toujours à Noah ? s'écria Judie, visiblement choquée. Et Gary dans cette histoire ?

Miriam haussa les sourcils. C'était effectivement une bonne question. Holly et Gary Foster sortaient ensemble depuis près d'un mois et Miriam en avait conclu que Holly avait renoncé à détourner Noah de Mei.

Apparemment, ce n'était pas le cas.

Elle jeta un regard vers Judie. Gary et elle étaient voisins et avaient grandi ensemble. Miriam savait que Judie considérait Gary comme son frère. D'ailleurs, il n'y avait qu'à voir la manière dont elle prenait soin de lui pour s'en convaincre.

Holly haussa les épaules.

— Gary est sympa, ce n'est pas la question. Je ne sais pas ce que Noah m'a fait, mais je ne peux pas m'empêcher de penser à lui.

— Quand on parle du loup... Ne te retourne pas, il arrive, chuchota Miriam en se penchant vers Holly.

— Oh ! non !

Holly fourragea nerveusement dans ses cheveux bouclés.

— Comment je suis ? Pas trop moche ? gémit-elle.

— Tu es très bien, concéda Miriam.

Judie se fâcha.

— Je ne sais pas ce que tu lui trouves. Il est nul. Gary et toi, ça va plutôt bien, non ?

— Quel Gary ? risqua Holly, pince-sans-rire, avant de pouffer devant l'air effaré de Judie. Je rigole, Judie, du calme !

Miriam dévisagea Holly avec attention. Elle s'était tournée vers Noah et le regardait approcher, pleine d'espoir.

Miriam savait très bien ce que l'on ressentait lorsqu'on était amoureuse. Elle aussi avait ressenti ce que Holly éprouvait maintenant, et cela avait duré des semaines... Jusqu'à ce qu'elle ait ce premier rendez-vous avec Jed.

Noah portait sa tenue habituelle : jean déchiré, tee-shirt et blouson de cuir noir, genre Bombers. Élimé, nota Miriam. Il avait les cheveux en bataille mais quelque chose lui disait que cette allure apparemment négligée était le résultat d'un long travail devant le miroir de sa salle de bains.

— Salut, Holly ! lança-t-il.

Le visage de Holly s'illumina.

— Salut, Noah ! Comment vas-tu ? Super, tes boucles d'oreilles !

Il tritura d'un air absent la flèche d'argent qui ornait son lobe.

« Pourquoi faut-il toujours qu'il ait l'air de s'ennuyer ? » se demanda Miriam.

— Ouais, c'est nouveau, dit-il.

— Alors, qu'est-ce que tu racontes ? demanda Holly.

Elle se passa nerveusement la langue sur les lèvres tandis qu'elle arrangeait sa coiffure d'une main fébrile.

Miriam sentit soudain un coup dans les côtes. Elle se tourna vers Judie.

— Voilà Mei, chuchota-t-elle.

Miriam fit volte-face. Mei Kamata avançait en effet dans leur direction. Elle portait une minijupe noire et un petit haut blanc moulant. Ses magnifiques cheveux noirs cascadaient sur ses épaules. A sa vue, Miriam comprit soudain ce qui attirait tant Noah en elle : elle était sublime.

L'apparence dure du garçon contrastait étrangement avec l'air posé de Mei. Miriam dut toutefois se rendre à l'évidence : en dépit de leurs différences, ils formaient un super couple.

Mei approchait. Miriam vit la scène telle que celle-ci ne pouvait manquer de la voir : Holly Silva en train de draguer son petit ami.

— Allez, viens, Holly, on s'en va ! suggéra Miriam en la tirant vigoureusement par la manche.

Holly se dégagea d'un geste sec.

Impossible d'éviter Mei.

— Salut, Mei ! lança Miriam en allant au-devant

d'elle. Dis, j'espère que tes parents ne vont pas gâcher la fête en restant chez toi ce soir!

— C'est hors de question! rétorqua Mei tout en décochant un regard glacial à Holly.

Noah se retourna au son de sa voix, un sourire radieux aux lèvres.

— Tiens, voilà ma princesse! murmura-t-il. On y va?

Il s'avança vers Mei et enlaça sa taille mince. Elle arbora un air triomphant et, d'un mouvement de tête, envoya sa crinière balayer le visage déconfit de Holly.

Miriam grimaça. Dès qu'il avait aperçu Mei, Noah avait instantanément oublié l'existence de Holly. Il y avait de quoi se vexer!

— Allons-y! répondit Mei en se serrant contre lui. A ce soir, chez moi, lança-t-elle à la cantonade.

Miriam et Judie sourirent et firent un geste de la main. Seule Holly, les mâchoires serrées, ne broncha pas.

Noah et Mei s'éloignèrent dans le couloir, main dans la main.

— Tu sais quoi? fit Mei, assez fort pour que tout le monde l'entende, mes parents ne rentrent pas avant six heures ce soir!

— Génial! répondit Noah.

Miriam se tourna vers Holly. Elle s'était appuyée contre la rangée de casiers et fusillait du regard le dos de Mei, l'air à la fois humiliée et furieuse.

— Je suis désolée, Holly, murmura Miriam.

— En tout cas, en voilà deux qui ne sont pas près de se quitter, commenta Judie.

— Merci du tuyau! marmonna Holly en levant les yeux au ciel.

— Mais arrête! rugit Judie. Tu es avec un type super et tout ce que tu trouves à faire, c'est de rêver à cet abruti!

— Ce n'est pas parce que tu aimes bien Gary que Noah est un abruti ! rétorqua Holly.

— Eh ! Oh ! Calmez-vous. On est copines, toutes les trois, leur rappela Miriam.

— Je ne comprends pas ce qu'elle lui trouve à ce type, ronchonna Judie. Moi, il me fiche la chair de poule.

— Eh bien, pas à moi ! assura Holly, les yeux rêveurs.

Elle le suivit du regard jusqu'à ce qu'il soit parvenu à la sortie. Il y avait une telle force, une telle intensité dans ses yeux que Miriam tressaillit.

— Si j'étais toi, je ne m'y frotterais pas trop, Holly ! Noah n'a vraiment pas l'air cool, ajouta Miriam.

— Miriam a raison, Holly. Laisse tomber, renchérit Judie en enfournant un livre dans son sac. Il ne la quittera jamais.

— C'est ce qu'on verra, susurra Holly en regardant ses amies d'un air moqueur. Peut-être ce soir même, chez Mei...

Judie et Miriam échangèrent un regard inquiet.

— Qu'est-ce que ça veut dire, ça ? demanda Miriam.

Holly haussa les épaules.

— Je ne sais pas... fit-elle sur un ton évasif. Parfois, il se passe de drôles de choses. Des filles quittent leur petit ami pour des raisons complètement idiotes...

— Eh ! Qu'est-ce que tu as derrière la tête ? s'écria Miriam.

Holly haussa de nouveau les épaules, un sourire malicieux aux lèvres.

— Holly ! s'exclama Miriam. Arrête, tu me fais peur ! Qu'est-ce que tu mijotes encore ?

Un large sourire éclairait maintenant le visage de Holly.

— Imaginons que Mei trouve Noah dans une situation compromettante... Elle deviendrait *folle*, n'est-ce pas, Miriam ? Tu la connais mieux que personne... Vous étiez amies toutes les deux avant qu'elle le rencontre.

— Holly, qu'est-ce qui te prend ? Tu n'es pas le genre de fille à faire ça ! rétorqua Miriam.

— Disons que l'amour fait faire de drôles de choses...

— Des choses débiles, oui ! intervint Judie.

Elle jeta son sac à dos sur son épaule et regarda fixement Holly.

— Vraiment débiles ! répéta-t-elle avec force.

— Panique pas, Judie ! Je ne vais pas faire de peine à Gary. Mais tu sais qu'il y a longtemps que je suis amoureuse de Noah.

— C'est ça ! Et bye-bye, Gary !

Holly croisa son regard mais ne releva pas.

— Salut ! lança Judie abruptement en tournant les talons.

— Eh, Judie ! cria Miriam.

Elle se retourna.

— On va toujours ensemble à la fête, hein ?

Judie acquiesça.

Miriam soupira tandis que Judie se précipitait dehors. Si seulement elle n'était pas obligée de jouer l'arbitre entre ses deux amies !

— Excuse-moi, je ne suis pas très sympa en ce moment, reconnut Holly à contrecœur. Mais je suis tellement dingue de lui, tu ne peux pas imaginer !

— Oh ! si ! détrompe-toi, murmura Miriam.

— C'est plus fort que moi, gémit Holly.

— Écoute, tout ce que je te demande, c'est de ne pas faire n'importe quoi ce soir, Holl, implora Miriam. Mei est vraiment amoureuse de lui.

— C'est ça, justement, mon problème, hoqueta Holly, au bord des larmes. Moi aussi je suis amoureuse de lui !

— Tu es amoureuse de lui parce que tu ne peux pas l'avoir, c'est tout!

Holly lui jeta un regard tellement glacial que Miriam recula d'un pas.

Instantanément, Holly reprit une expression normale.

Miriam frissonna. Pendant un bref instant, elle n'avait pas reconnu Holly.

Sa meilleure amie semblait littéralement sur le point de disjoncter!

— Pardonne-moi. Mais je souffre trop, fit Holly dans un murmure. Je ferais n'importe quoi pour être avec lui.

Miriam la regarda, incrédule.

— *N'importe quoi?* insista-t-elle.

Holly hocha la tête, le regard lointain.

— Oui, *n'importe quoi*!

Miriam sentit un nouveau frisson lui parcourir l'échine.

Qu'est-ce qu'elle allait bien inventer ce soir?

2

— Au fait, Holly, comment est-ce que tu fais pour être toujours au courant de tout? s'enquit Miriam comme elles se dirigeaient côte à côte vers la sortie.

Elles habitaient toutes les deux dans Fear Street, et Holly avait pris l'habitude de raccompagner Miriam chez elle presque tous les soirs.

C'était le moment de la journée que Miriam préférait.

Holly éclata de rire et rejeta son foulard bleu sur son épaule.

— Un bon journaliste ne cite jamais ses sources, riposta-t-elle.

Miriam lui donna un léger coup de coude.

— Bon journaliste, tu parles! Tu es un journal à scandale ambulant, oui!

Holly désigna du doigt un couloir adjacent.

— Dis, ce n'est pas Jed, là-bas?

Miriam tourna la tête et aperçut Jed, debout devant la petite fontaine d'eau potable, à la sortie des vestiaires des garçons. Il s'essuya la bouche du revers de la main et fit un pas de côté. Il glissa furtivement quelque chose dans le sac à dos posé à ses pieds et tira rapidement la fermeture Éclair.

— Oui, c'est lui. Jed! appela-t-elle.

Il pivota immédiatement, visiblement surpris.

— Je reviens, déclara Miriam à son amie. J'en ai pour une seconde.

— Vas-y, je t'attends dehors, répondit Holly en faisant un geste de la main.

Miriam se mit presque à courir.

Jed était le capitaine des Tigers, l'équipe de basketball de Shadyside High. Ils étaient ensemble depuis six mois maintenant.

Miriam était folle de lui. Il représentait ce qu'elle avait de plus cher et c'est pourquoi elle comprenait parfaitement ce que Mei et Noah ressentaient l'un pour l'autre. Jed était le garçon dont toutes les filles rêvent, grand, musclé, beau et intelligent.

Jed était exactement celui dont elle avait rêvé.

Jusqu'à il y a quelques semaines...

Car celui dont elle était tombée amoureuse n'était plus le même, aujourd'hui. Non pas qu'il fût devenu quelqu'un d'autre, non. C'était toujours bien lui mais, de plus en plus souvent, il se comportait d'une manière étrange. Comme s'il y avait en lui une force sombre et obscure. Une force qui prenait, à son insu, le dessus. Depuis que les championnats de basket-ball avaient débuté, elle ne le reconnaissait plus.

— Bonjour, dit-elle en posant un baiser sur ses lèvres.

Il réagit à peine.

— Qu'est-ce qui ne va pas ?

— Rien, répondit-il sèchement.

Miriam savait qu'il mentait. Il avait une sale mine et des cernes sous les yeux.

— Tu es toujours partant pour la fête de ce soir ? poursuivit Miriam.

— Quelle fête ?

— Mais, la fête chez Mei, enfin ! On est censés y aller avec Judie et mon cousin Patrick, tu te souviens ?

Jed fronça les sourcils.

— Non, maugréa-t-il.

Il avait l'air exténué et passablement sur les nerfs. Elle savait que toute son énergie était canalisée par les demi-finales, mais tout de même, de là à oublier la plus grande fête de l'année !... Non, décidément, quelque chose n'allait pas.

— Est-ce qu'on est obligés d'y aller ? marmonna Jed.

— Non, on n'est pas obligés, mais je tiens à y aller, moi. J'attends cette soirée depuis des semaines. Enfin, Jed, qu'est-ce qui te prend ?

— Rien ! aboya-t-il. Rien du tout ! Il faut que j'aille m'entraîner, Miriam. Je passerai te chercher à huit heures.

— Jed...

— A huit heures, ce soir ! lâcha-t-il avant de s'engouffer dans les vestiaires.

La porte claqua. Miriam resta seule dans le couloir.

— C'est quoi, son problème? demanda Holly, au volant de la voiture.

Elles roulaient maintenant vers Fear Street. Miriam pressa son front contre la vitre et laissa son regard errer à l'extérieur.

— Je ne sais pas. Parfois, il est adorable et puis tout à coup, c'est comme s'il était devenu quelqu'un d'autre. Je ne le reconnais plus, souffla-t-elle.

— Vous venez quand même chez Mei, non?

— Je pense que oui. Jed m'a dit qu'il passerait me prendre vers huit heures. Mais c'est parce que j'ai insisté pour y aller. Il ne se souvenait même pas qu'il y avait une fête, avoua-t-elle.

— Dis, Miriam, à ton avis... c'était quoi ce qu'il a glissé dans son sac? demanda Holly d'un ton léger.

— Je n'en sais rien. Pourquoi tu me demandes ça? fit Miriam en se tournant soudain vers son amie, l'air étonnée.

Holly haussa les épaules.

— Il avait l'air très mal à l'aise...

— Qu'est-ce que j'en sais, moi? laissa échapper Miriam avant de s'enfoncer davantage dans son siège. Si j'en juge par son attitude, tout est possible, fit-elle.

Elle se redressa, soudain, droite comme un *i*, et scruta le visage de sa meilleure amie. Holly ne posait jamais de questions sans raisons. Et Miriam le savait.

Holly leva un sourcil interrogateur.

— Pourquoi tu me regardes comme ça?

— Parce que tu sais quelque chose, rétorqua Miriam, soupçonneuse.

— Non, pas du tout.

— En tout cas, tu crois savoir quelque chose.

— Écoute, Miriam, je t'assure que je ne sais rien. Enfin, pas encore... Mais je peux me renseigner.

— Comment? s'enquit Miriam.

Holly partit d'un grand rire.

— Tu oublies à qui tu as affaire ! Je peux tout savoir. Et sur n'importe qui !

— Toutes mes excuses, Votre Altesse, répliqua Miriam. C'est vrai que la reine de la rumeur sait toujours tout.

— J'essaierai de savoir ce qui se passe, promit Holly. En plus, si c'est ma meilleure amie qui me le demande, elle peut compter sur moi pour faire le maximum.

Miriam se sentit soulagée bien que, secrètement, elle sût que Jed n'apprécierait guère ce genre de procédé.

— Holly, ne l'espionne pas trop, s'il te plaît.

— Bien sûr que non, répondit vivement Holly. Je vais simplement parler à quelques personnes, histoire de savoir ce qu'il en est.

— Je ne sais pas... hésita Miriam.

— C'est bien ça, justement, ton problème. Tu ne sais précisément pas ce qu'il se passe ! s'exclama Holly.

Miriam était prise en tenailles. D'un côté, elle ne tenait pas à ce que Holly parle de Jed derrière son dos. De l'autre, elle savait que Jed ne lui dirait rien.

« Qu'a-t-il donc fait de si grave qu'il n'ose même pas le raconter à celle qu'il aime ? » se demanda-t-elle. A ce moment précis, elle se rendit compte à quel point elle haïssait les ragots. Mais aussi à quel point elle avait besoin de savoir...

— Holly, je voudrais te demander une chose...

— Tout ce que tu voudras.

— Sois discrète, d'accord ?

Holly sourit, compréhensive.

— Je te le promets, dit-elle.

Soudain, Miriam fut convaincue que Holly avait déjà sa petite idée sur Jed. Et que ça ne devait pas être agréable à entendre.

3

Un peu après huit heures, ce soir-là, ils se mirent en route pour aller chez Mei Kamata. Miriam était installée sur le siège avant de la voiture de Jed, une Honda Civic. Judie et Patrick, sur le siège arrière, ne disaient pas un mot.

— Écoute, Jed. Si tu n'as pas envie d'aller à cette soirée, on peut toujours déposer Judie et Patrick et aller ensuite boire un café ensemble, suggéra Miriam. Ou alors manger un hamburger, rien que nous deux. Et on pourrait parler un peu...

Miriam attendit, la gorge nouée. Si seulement il pouvait dire quelque chose qui l'aide à comprendre ce qui n'allait pas...

Il se contenta de hausser les épaules.

— Tout va bien, ne t'inquiète pas, dit-il.

Il se tourna vers elle et sourit. Elle se sentit soulagée.

— Excuse-moi pour cet après-midi, fit-il, mais tu sais, avec les demi-finales et tout... Je suis vraiment stressé en ce moment. Si on ne me sélectionne pas dans une équipe universitaire de basket, je n'aurai jamais les moyens de me payer des études. Parfois, j'ai l'impression que ma tête va exploser.

Ses mains étaient tellement crispées sur le volant que ses articulations étaient toutes blanches.

— Il y aura des sélectionneurs demain, au match, poursuivit-il. Je ne peux pas me permettre de me planter !

Miriam se rapprocha de lui et passa lentement la main dans ses cheveux. Ils étaient encore humides et sentaient le shampooing.

— Tu seras le meilleur, Jed, promit-elle. Vous allez les achever !

— Merci, Miriam.

Il lui prit la main et la porta à ses lèvres. Elles étaient si douces et si chaudes qu'elle en frissonna de plaisir.

— Eh ! Le baisemain, maintenant ! railla Patrick.

Miriam jeta un œil par-dessus son épaule. Un large sourire éclairait le visage de Patrick tandis qu'il rythmait sur ses cuisses un air imaginaire. Patrick était batteur dans un groupe qui répétait dans un garage. Il espérait faire carrière dans la musique.

Il suffit à Miriam de jeter un coup d'œil à Judie pour que tous les espoirs qu'elle avait placés dans la soirée s'évanouissent. Judie, les yeux perdus dans le vague, regardait par la fenêtre d'un air morne.

Miriam soupira et détourna le regard. Si seulement Judie voulait donner une chance à Patrick ! C'était un garçon agréable et drôle. Et même si elle ne s'était pas attendue au coup de foudre du siècle, elle pensait tout de même qu'il y avait une chance pour que ça marche entre eux. Mais après tout, peut-être leur fallait-il du temps pour se connaître et s'apprécier.

— On y est, annonça Jed.

Il se gara parmi les deux douzaines de voitures qui stationnaient déjà dans la rue. La maison des Kamata était une imposante demeure coloniale à deux étages, ornée de massives colonnes gréco-romaines en façade. Malgré les fenêtres fermées, on entendait très distinctement de la musique. Miriam se souvint que Mei lui avait dit avoir invité l'un des meilleurs groupes des environs, les Dustmites.

— Waouh ! s'écria Patrick en émettant un sifflement admiratif, ça, c'est de la sono !

— A quelle heure Gary et Holly ont dit qu'ils arriveraient ? demanda Judie d'une voix anxieuse.

— Oh ! je parie qu'ils sont déjà là, répliqua Miriam. Ça a l'air bondé, à l'intérieur !

— Alors qu'est-ce qu'on attend? s'écria Patrick, qui mourait d'impatience de s'extraire de son siège. Allons-y!

Miriam entra la première et fut assaillie par une volée de décibels.

Il y avait des lycéens de Shadyside un peu partout, dans le vaste salon et sur les marches de l'escalier en colimaçon qui menait à l'étage. Les tapis avaient été roulés pour faciliter les allées et venues ainsi que la grande opération de nettoyage qui n'allait pas manquer de suivre.

Miriam sourit : elle avait oublié à quel point elle avait trouvé la maison de Mei somptueuse, du temps où Mei et elle étaient encore amies.

— Il y a des siècles que je ne suis pas venue ici. Depuis que Mei est avec Noah, elle a pratiquement cessé de voir ses amis, expliqua-t-elle à l'intention de Jed.

Il hocha la tête distraitement tout en la poussant vers le salon où la fête battait son plein. Ils se frayèrent un chemin parmi les invités jusqu'au salon, dont les proportions généreuses et les parquets cirés faisaient un lieu idéal pour danser. Les Dustmites avaient installé leur matériel près de baies vitrées qui s'ouvraient sur le jardin. La musique était assourdissante. Patrick avait déjà pris position près d'eux tandis que Judie, à ses côtés, paraissait s'ennuyer ferme.

Miriam soupira. Patrick n'était probablement pas le genre de personne qu'il fallait à Judie.

Jed attira l'attention de Miriam en lui donnant un petit coup de coude. Il désigna un point vers la cuisine :

— Holly est là. Vise un peu sa robe!

A son tour, Miriam lui envoya un coup de coude.

— Arrête de la regarder comme ça ! lui ordonna-t-elle d'un air faussement sévère.

Cependant, elle devait admettre qu'il était assez difficile de ne pas le faire.

Holly avait choisi une petite robe noire tellement moulante qu'on l'aurait crue peinte à même la peau.

— Eh ben dis donc ! s'écria Jed, admiratif.

Miriam le poussa de nouveau du coude. Elle savait qu'il plaisantait, contrairement aux autres garçons autour d'eux, dont les regards semblaient littéralement aimantés par la tenue de Holly.

Miriam fronça les sourcils en apercevant Gary Foster. Il n'avait d'yeux que pour Holly, tandis que celle-ci l'ignorait ouvertement. Miriam balaya la pièce du regard. Pas de Noah à l'horizon.

Elle décida de les rejoindre et poussa Jed devant elle. Dès qu'il les aperçut, Gary sourit largement. Il jouait, lui aussi, dans l'équipe de basket du lycée. Jed et lui étaient bons copains.

Gary était plus petit que Jed mais se déplaçait avec plus d'agilité sur le terrain. La plupart de ses passes permettaient à Jed de marquer des points.

Miriam s'était souvent demandé si cette complémentarité et cette étroite complicité sur le terrain n'étaient pas à l'origine de leur amitié.

— Salut, Jed ! s'exclama Gary, le visage fendu d'un large sourire... Prêt pour demain soir ? cria-t-il pardessus le brouhaha.

— On va les massacrer ! hurla Jed.

Ils se tapèrent dans la main avec force.

Miriam et Holly échangèrent un regard amusé.

— Allez, viens, laissons les guerriers faire la guerre, suggéra Holly en s'efforçant d'empêcher Gary, qui gesticulait à ses côtés, de renverser son verre.

Elle fit un mouvement de la tête pour signifier à

Miriam de la suivre, et se dirigea vers un coin du salon un peu plus tranquille.

— Où est Mei ? demanda Miriam tandis qu'elles s'éloignaient.

— A la cuisine, avec ses parents, répondit Holly. C'est une parfaite maîtresse de maison.

— Et toi, Holly, tu es une parfaite invitée ? demanda Miriam en plongeant ses yeux dans les siens.

— Tout à fait, rétorqua Holly avec un sourire inquiétant. Je n'ai pas adressé la parole à Noah une seule fois de la soirée.

— Enfin, Holly, et cette robe ? Tu crois que c'est...

— Quoi ? Tu ne la trouves pas sublime ? coupa Holly.

— Trop sublime, justement. Tout le monde te regarde.

— Je sais. Elle produit exactement l'effet escompté.

— Ah ! ça y est ! J'ai compris ! fit Miriam en plissant les yeux. Tu t'es dit qu'avec une robe pareille tu n'aurais même pas besoin de parler à Noah pour attirer son attention ! C'est ça, hein ?

Holly rougit.

— Oh ! Miriam ! Tu penses que je suis une peste d'avoir fait ça ? Noah m'a regardée toute la soirée mais maintenant... je ne sais plus très bien si c'était une bonne idée. Je m'en veux. En plus, Mei est furieuse contre moi ! Elle n'arrête pas de me lancer des regards noirs. Je... je ne comprends pas ce qui m'arrive. Je pense à lui tout le temps. Il est tellement craquant ! Je n'arrive pas à me le sortir de la tête.

Miriam observa attentivement son amie, surprise. Peut-être avait-elle sous-estimé la force de ses sentiments. Mais il fallait bien reconnaître que c'était là un phénomène entièrement nouveau. Holly n'était pas du genre passionné ; bien au contraire, elle avait plutôt tendance à ne pas prendre les garçons au sérieux.

— Mais non, Holly, tu n'es pas une peste, la rassura Miriam. Tu es seulement en train de perdre la tête, et crois-moi, il n'en vaut pas la peine. Et puis, peu importe à quel point tu tiens à lui, tu ne peux pas faire comme s'il n'était pas avec Mei. Tu comprends ?

Holly acquiesça et s'efforça de sourire, mais Miriam n'était pas dupe, elle était terriblement contrariée.

« Si seulement Noah pouvait disparaître, j'arriverais peut-être à passer une bonne soirée », songea Miriam.

— Où est Gary, au fait ? demanda-t-elle d'un ton léger, histoire de détendre l'atmosphère.

— Là-bas, avec Jed, fit Holly d'un air sombre.

— Et que pense-t-il de ta robe ?

Holly ricana.

— Il n'a pas arrêté de me demander de danser avec lui.

Miriam se contenta de répondre par un hochement de tête.

— Dans ce cas, allons les retrouver et emmenons-les danser.

Elles fendirent de nouveau la foule en jouant des coudes.

— Vous pensez que vous allez pouvoir arrêter de parler de basket deux secondes et danser avec nous ? cria Miriam, les mains en porte-voix.

Les garçons se turent et les regardèrent sans mot dire.

— Qu'est-ce que t'en dis, Gary ? demanda finalement Jed.

— J'en dis que ce sont des filles, répondit-il.

— T'as bien raison, approuva Jed.

— Allez, on y va ! lança Holly en entraînant Gary vers la piste de danse.

Miriam se tourna vers Jed et sourit.

— Jed, tu penses que tu pourrais faire autre chose avec tes pieds que courir derrière un ballon de basket ?

Pour toute réponse, Jed la prit par l'épaule et la mena sur la piste où une dizaine de couples étaient déjà en train de danser.

— Eh, c'est pas un slow ! protesta-t-elle tandis qu'il l'attirait à lui.

— Chut ! rétorqua-t-il.

— D'accord, fit-elle, docile, en se serrant contre lui.

Plus détendue, elle se laissa guider. Elle sentit ses mains au creux de ses reins et oublia instantanément le rythme rapide de la danse.

Force était de constater que Jed ne savait pas danser sur ce genre de musique. Et alors ? Miriam adorait danser des slows avec lui. La douce pression de ses mains la convainquit que toutes les tensions qu'il avait accumulées au cours des dernières semaines étaient en train de se dissiper.

Elle tourna légèrement la tête et aperçut Holly et Gary qui se démenaient un peu plus loin.

Holly parcourait la pièce des yeux, sûrement à la recherche de Noah.

« Tant qu'elle danse avec Gary... », se rassura Miriam.

Le tempo changea brusquement. Les baguettes du batteur s'agitèrent de plus en plus rapidement. Le guitariste s'arc-bouta sur son instrument. Jed tenait toujours Miriam étroitement serrée contre lui, la protégeant de ses bras musclés.

Le rythme s'accéléra et la musique devint littéralement assourdissante. Miriam sentit le monde s'évanouir autour d'elle.

A la seconde où le guitariste arrachait un ultime gémissement à son instrument, toutes les lumières s'éteignirent.

Obscurité totale.

Silence absolu.

Jed resserra son étreinte.

Elle s'apprêtait à ouvrir la bouche quand, tout à coup, un hurlement strident retentit.

Puis un autre.

Ça venait de la cuisine.

Miriam retint son souffle puis, se dégageant vivement des bras de Jed, elle se rua dans le noir, là où les cris effroyables avaient retenti.

4

Elle entendit des éclats de voix dans la cuisine.

Était-ce Mei, qui semblait si furieuse ?

Un faisceau lumineux fusa dans le noir et projeta des ombres inquiétantes sur les murs.

— Pas de panique, du calme, tout le monde ! cria la voix de M. Kamata. Les plombs ont sauté, on va réparer ça tout de suite.

— Mais qui a crié ? demanda Miriam.

— C'est rien, dit Mei.

Miriam sursauta tant elle ne s'était pas attendue à entendre sa voix si proche.

— Quand les lumières se sont éteintes, une assiette m'est tombée des mains. Ma mère a eu peur et elle a crié, expliqua la jeune fille.

— Je vais aller voir ce qui se passe et remettre le courant, déclara M. Kamata. Mais il va falloir baisser d'un ton, ajouta-t-il à l'adresse des musiciens.

Une volée de sifflets réprobateurs accueillit sa remarque.

Après quelques minutes un peu tendues, la lumière revint enfin.

La première personne que vit Miriam en se retournant fut Holly.

Dans les bras de Noah, au bord de la piste de danse.

Miriam entendit nettement Mei prendre une profonde inspiration. Elle n'eut pas le temps d'ouvrir la bouche que déjà, celle-ci se précipitait sur le couple.

Miriam fronça les sourcils. Cette fois-ci, ça y était. Holly allait au-devant de sérieux ennuis.

Mais, à sa grande surprise, elle vit son amie se détacher de Noah et s'éloigner, comme si de rien n'était. Tandis qu'elle affectait de se diriger nonchalamment vers Gary, Noah accueillit Mei avec un large sourire et la prit par la taille.

Mei parut réconfortée par les mots qu'il lui murmurait à l'oreille. Simultanément, il la détourna adroitement de la vue de Holly.

Miriam fonça droit sur celle-ci.

— Mais qu'est-ce qui t'a pris ? siffla-t-elle en la poussant légèrement à l'écart.

— De quoi tu parles ? demanda innocemment Holly.

— Holly ! Tout le monde t'a vue dans les bras de Noah !

— J'ai eu peur et j'ai agrippé le premier garçon qui m'est tombé sous la main !

Bien qu'elle ait eu l'air sincère, Miriam ne put s'empêcher de noter son petit air satisfait.

— Je n'arrive pas à le croire ! explosa Miriam. Comment as-tu pu enlacer le petit ami de Mei sous son propre toit ?

Le sourire de Holly s'estompa.

— Je ne l'ai pas enlacé ! protesta-t-elle en haussant le ton. J'ai eu vraiment la frousse ! Tu sais bien que je ne ferais jamais une chose pareille à Gary !

Holly avait un ton tellement indigné que Miriam faillit la croire.

— Et puis, de toute façon, ça donnera l'occasion à Noah de réfléchir, ajouta Holly.

Le guitariste pinça quelques cordes et, apparemment satisfait de la qualité du son, attaqua un nouveau morceau. Holly saisit Gary par la main et l'entraîna à sa suite.

— Je crois que ça suffit pour ce soir, déclara Miriam d'un ton sans appel en regardant Jed.

Le lendemain, Miriam et Judie décidèrent de passer l'après-midi ensemble, chez Judie. Holly devait venir les prendre pour aller au match de basket dans la soirée.

Les trois amies avaient l'habitude d'assister aux matchs ensemble. Miriam leur était particulièrement reconnaissante de venir avec elle ce soir-là. Ce match risquait en effet d'être déterminant pour l'avenir de Jed.

— Jed avait l'air plutôt en forme, hier soir, remarqua Judie.

— Oui, c'est vrai, il allait relativement bien, convint Miriam.

Elle s'allongea sur le lit de Judie, soulevant délicatement ses cheveux roux qui formèrent une jolie corolle autour de sa tête, contrastant avec le blanc de l'oreiller.

— Tu me diras, c'était pas trop tôt ! ajouta-t-elle.

Judie était assise en tailleur sur le sol et caressait Lizzy, son hamster brun et blanc. L'autre, Tilly, essayait péniblement de grimper sur l'un de ses genoux.

— Est-ce qu'il t'a expliqué finalement ce qui n'allait pas ? demanda Judie.

— Un peu. Il dit que c'est toute cette tension. Les

championnats, sa bourse, etc. Mais il va mieux maintenant. Du moins, je l'espère.

Miriam se rendit compte qu'elle ne savait pas, en réalité, si Jed allait mieux. Il était redevenu silencieux sur le chemin du retour, même si, par ailleurs, il l'avait longuement et tendrement embrassée en lui souhaitant bonne nuit.

Elle *espérait* que tout allait bien.

— J'ai cru rêver en voyant Holly, hier soir, reprit Judie. Non, mais tu as vu la robe qu'elle portait !

— Oui, dit Miriam en tendant la main vers une canette de Coca posée sur la table de nuit. Et je ne suis pas la seule...

— A ton avis, qu'est-ce qu'elle essaie de prouver ? Pourquoi s'est-elle jetée dans les bras de Noah, sous les yeux de Mei et de Gary ? reprit Judie.

— Je ne sais pas, répondit Miriam, pensive. Peut-être, après tout, est-elle réellement amoureuse de lui. Ou du moins, peut-être qu'elle croit sincèrement être amoureuse de lui.

— Elle ne le connaît même pas ! protesta Judie d'un air méprisant. Tout ce qu'elle voit, c'est le bonheur de Mei. Tu veux que je te dise ? A mon avis, elle est jalouse.

Miriam réfléchit un instant.

— Non, je ne crois pas. C'est vrai qu'elle adore comploter, mais je crois que ça s'arrête là. Je pense tout simplement qu'il la fait craquer.

— Peut-être, mais si ça continue, c'est elle qui va craquer ! ajouta Judie sèchement.

— Tiens, à propos, Patrick et toi, ça n'a pas tellement marché, dis-moi...

Judie haussa les épaules.

— Non, c'est vrai. Il est sympa mais la musique, c'est pas trop mon truc, expliqua-t-elle en rattrapant Tilly qui s'apprêtait à fuir. Il n'a pas arrêté de parler de musique toute la soirée. Il connaît le nom des batteurs de tous les groupes qui existent.

— C'est du Patrick tout craché, reconnut Miriam en secouant la tête. Écoute, je te promets que c'est la dernière fois que je t'arrange un rendez-vous avec quelqu'un.

— Marché conclu ! approuva Judie.

Elles éclatèrent de rire. Judie se leva et alla déposer délicatement Tilly dans le grand bocal de verre qui servait de refuge aux hamsters et qu'elle avait placé à côté de son bureau. La petite boule de fourrure se rua immédiatement sur le réservoir d'eau. Elle prit Lizzy entre ses mains et l'installa doucement dans le bocal avant d'en refermer le couvercle grillagé.

— Enfin chez soi ! roucoula-t-elle. Pas vrai, les filles ?

Elle se retourna vers Miriam et sourit.

— Tout compte fait, je crois que je m'amuse plus avec mes hamsters ou avec un bon livre que dans les fêtes. Surtout celles du genre de Mei, avoua Judie. Est-ce que tu as vu la bande qui est arrivée quand on partait ?

Miriam acquiesça. Elle se souvenait en effet n'avoir reconnu aucun des voyous qu'ils avaient croisés en quittant la maison de Mei.

— Je me demande qui avait invité ces types, déclara Miriam, songeuse.

Elle vida la canette et se releva en s'étirant.

— Je me demande aussi ce que Holly fabrique depuis tout ce temps.

Judie ne répondit pas. Elle extirpa de son placard un petit sac à dos et ouvrit la fermeture Éclair. Elle en sortit un sweat-shirt à capuche, à l'effigie du lycée.

Quelques objets se répandirent sur le lit : une brosse à cheveux, un exemplaire écorné de L'*Attrape-cœur*, de

J.D. Salinger, et un large marteau de tapissier auquel il manquait une dent.

Miriam le saisit négligemment et nota qu'il paraissait avoir cent ans.

— Qu'est-ce que c'est que cette horreur? demanda-t-elle en frappant l'outil dans sa paume.

Judie le lui arracha avec une telle violence que Miriam en eut mal au bras.

— Je m'en sers pour construire un métier à tisser en classe de travaux manuels, lança-t-elle, cinglante. (Elle marqua un temps.) C'était le marteau de mon père.

Miriam ne sut que répondre. Le père de Judie était mort trois ans plus tôt d'une crise cardiaque.

Elle savait que Judie était encore très affectée par sa disparition brutale.

Miriam songea que c'était peut-être pour cette raison que Judie fuyait la compagnie des garçons. Peut-être ne voulait-elle plus se sentir proche de qui que ce soit. Elle avait adoré son père. Peut-être que pour elle, le simple fait de construire quelque chose avec l'un de ses outils s'apparentait à un hommage.

— Excuse-moi, Judie. Je ne savais pas.

— Ce n'est pas grave, je t'assure, affirma Judie.

Elle remit le marteau dans le sac et le replaça dans le placard.

— Au fait, combien de temps Holly et Gary sont-ils restés chez Mei? demanda Judie, qui, de toute évidence, tenait à changer de sujet.

— Je ne sais pas. Je n'ai pas encore vu Holly, aujourd'hui. De toute façon, Gary joue ce soir et je ne pense pas qu'il ait eu particulièrement envie de faire la fête jusqu'à l'aube.

Ruth se mordit la lèvre.

— Qu'est-ce que tu as? demanda Miriam.

— Je déteste la manière dont elle traite Gary. Et puis

sa robe aguichante... la façon dont elle s'est jetée dans les bras de Noah... tout!

— Je n'ai pas l'impression que Gary l'ait mal pris, hasarda Miriam.

— Si, justement! rétorqua Judie vivement. J'ai parlé avec lui, hier soir, imagine-toi.

— Ah oui?

— Il sait que Holly n'est pas réellement amoureuse de lui.

Miriam ouvrit de grands yeux.

— Ah bon?

— Évidemment! Il faudrait être complètement idiot pour ne pas le voir. Et Gary est loin d'être un imbécile. Il est justement trop bien pour elle.

— Alors pourquoi reste-t-il avec elle? s'étonna Miriam.

Judie prit un air mauvais.

— Parce qu'il l'aime bien! répondit-elle abruptement. Je pense qu'il...

Elles entendirent, au rez-de-chaussée, la voix de la mère de Judie. Apparemment, Holly venait d'arriver.

— Holly est là, annonça Miriam.

Des pas rapides retentirent dans l'escalier puis la porte de la chambre s'ouvrit en grand. Holly se tenait dans l'embrasure, un large sourire sur son visage triomphant.

— Alors là! Je viens d'apprendre la chose la plus incroyable que j'aie jamais entendue! clama Holly.

— De quoi s'agit-il cette fois? demanda Miriam en se levant précipitamment.

5

Holly fit la moue.

— Après votre départ, hier soir, on a vraiment commencé à s'amuser.

— Tiens, c'est sympa, ça! Tu veux dire que c'était nul quand on y était? interrogea Judie d'un air sarcastique.

— Ah! ah! très drôle, rétorqua Holly. Ce n'est pas ce que je voulais dire.

— Qu'est-ce qui s'est passé? demanda Miriam.

— Tout a commencé quand les copains de Noah, des types de Center City, ont débarqué. Ils étaient déjà bien imbibés; ils empestaient la bière.

— C'est sûrement ceux qu'on a aperçus en partant, intervint Judie.

Miriam acquiesça.

— Connaissant les parents de Mei, ils ont probablement eu une crise cardiaque en les voyant arriver chez eux, ajouta-t-elle.

— Attendez, ce n'est que le début! s'exclama Holly. Une fois que la mère de Mei les a eu mis dehors, elle et sa fille se sont disputées comme jamais. Je veux dire que ça a atteint des proportions inimaginables.

— Pourquoi? Qu'est-ce qu'elles se sont dit? la pressa Miriam.

— Mme Kamata a dit que tout était la faute de Noah. Qu'il était complètement irresponsable; un sale type, quoi! Mei n'arrêtait pas de répéter que ce n'était pas sa faute, qu'il ne les avait pas invités. C'est devenu de la folie, là-bas, commenta Holly.

— Et après, qu'est-ce qui s'est passé? Miriam.

— Mme Kamata a mis tout le monde dehors, y compris Noah. On s'est tous retrouvés sur la pelouse, devant la maison, et là, on a découvert que les copains de Noah avaient jeté leurs canettes de bière dans l'herbe et avaient emballé la voiture des Kamata dans du papier-toilette pour se venger.

— Eh ben dis donc ! souffla Miriam, abasourdie.

— Et après ? intervint Judie.

— Après, il a fallu qu'on parte, expliqua Holly d'une voix triste. Mais on m'a raconté plus tard ce qui s'est passé. Apparemment, après le départ de toute la troupe, Mei et sa mère sont devenues complètement hystériques. Mei était en larmes et reprochait en hurlant à sa mère de la traiter comme une gamine. Elle lui aurait dit qu'elle aimait Noah plus que tout au monde.

Miriam remarqua que Holly avait eu une drôle d'intonation en prononçant le mot « aimait ».

Elle poursuivit :

— Et devinez ce qui s'est passé ensuite ?

Miriam et Judie la regardèrent en silence.

— La mère de Mei lui a dit qu'il était hors de question qu'il remette les pieds chez eux. Mei n'a plus le droit de le voir ! Ils vont rompre à cause d'elle !

— Oh ! non ! s'exclama Miriam. Mais c'est injuste !

Holly ne broncha pas.

Miriam l'observa attentivement. Elle était presque radieuse. Cela ne fit que confirmer ses craintes : loin d'avoir abandonné la partie, Holly gardait de solides espoirs.

« Elle est certainement très contente de ce dernier rebondissement, mais Mei doit être complètement anéantie », songea-t-elle.

Miriam était bouleversée. Elle savait que Mei tenait énormément à Noah et qu'elle ferait n'importe quoi pour lui.

Pourquoi ses propres parents ne pouvaient-ils pas le comprendre ?

— Mei et sa mère ne se parlent plus, ajouta Holly.

M. Kamata prend évidemment le parti de sa femme, mais il n'a pas l'air très motivé. J'imagine qu'il ne doit pas trop supporter de voir pleurer sa petite fille chérie.

— Arrête, tu deviens méchante! s'indigna Miriam. Ce n'est vraiment pas drôle.

— Non, je sais, excuse-moi, s'empressa-t-elle de répondre, une lueur d'espoir continuant à briller au fond de ses yeux. C'est juste que je ne peux pas m'empêcher de penser...

— A lui? interrompit Miriam.

Holly fit oui d'un signe de tête.

— Si j'étais toi, je ferais une croix dessus, conseilla Miriam. Je suis sûre que tout ça va les rapprocher davantage et qu'ils seront plus amoureux que jamais. C'est pas demain la veille que Mei obéira à ses parents.

— Je sais, rétorqua Holly en s'affalant de tout son long sur le lit. Il aurait mieux valu qu'on ne me raconte rien.

— C'est toujours ça de pris, remarque! nota Judie d'un ton sarcastique.

— Qu'est-ce que ça peut te faire, à toi, de toute manière? riposta violemment Holly. Tu ne sais même pas ce que ça veut dire que de tenir à quelqu'un.

Judie plissa les yeux et prit une profonde inspiration.

— Ah oui? Qu'est-ce que tu en sais, toi? corrigea-t-elle sèchement. Tu ne connais *rien* de moi! Alors que je sais tout sur toi, bien malgré moi, d'ailleurs.

— Eh là, attendez! intervint Miriam. On va toutes se calmer et...

— Et Gary, dans cette histoire, hein? poursuivit Judie. Tu n'as pas le cran de piquer Noah à Mei, alors tu restes avec Gary, en attendant. Quand je pense aux compliments qu'il m'a faits sur toi...

Holly la fixa, interloquée. Elle resta bouche bée quelques instants.

— Mais moi aussi, je l'aime bien, lâcha-t-elle finalement. C'est vrai !

— Je ne vois vraiment pas comment tu peux dire ça ! Il suffit de te regarder avec Noah. (Elle prit une voix haut perchée et imita Holly :) Noah est tellement sexy !

— Gary aussi ! rétorqua Holly. C'est juste que... Je ne sais pas... mais il est moins marrant. Tout ce qu'il sait faire, c'est parler de basket à longueur de journée. J'en ai par-dessus la tête du basket, moi ! Et puis, de toute façon, je ne vois pas en quoi ça te regarde, Judie !

— Bon, maintenant ça suffit, vous deux ! lança Miriam, hors d'elle. Je commence à en avoir assez de vos histoires.

Holly se tourna vers Miriam.

— Elle est toujours du côté de Gary ! protesta-t-elle. Qu'elle prenne ma défense de temps en temps si on est tellement copines !

Miriam soupira.

— On va voir ce match, oui ou non ? Je n'ai pas du tout l'intention de rater le début à cause de vous.

« C'est vraiment incroyable qu'on ait réussi à rester amies aussi longtemps », pensa-t-elle. Judie et Holly étaient tellement différentes l'une de l'autre. Elle décida de ne plus s'interposer ni leur faire de reproches désormais. A jouer ce rôle, elle allait finir par ressembler à sa mère.

— D'accord, allons-y, concéda Holly en prenant ses clefs de voiture dans son sac. Tu viens, Judie ? demanda-t-elle, conciliante.

— Non merci, très peu pour moi ! Je n'ai pas envie d'un bain de foule, après cette scène. Allez-y sans moi.

— Allez, Judie, viens ! insista Miriam. Tu vas voir, je suis sûre qu'on va s'amuser.

— Je te promets que je ne parlerai pas une seule fois de Noah, assura Holly pour détendre l'atmosphère.

Judie eut un petit sourire narquois mais déclina d'un geste la proposition.

— Souhaitez bonne chance à Gary et à Jed pour moi.

Miriam hocha la tête mais la dispute l'avait ébranlée et lui avait laissé un goût amer.

Pourtant, dès qu'elle fut installée sur le siège avant de la voiture, le souvenir de la querelle s'effaça totalement de son esprit. Elle ne pensait plus qu'à une seule personne : Jed. Et n'eut plus qu'une seule idée en tête : le voir jouer et remporter la victoire dont son avenir dépendait.

Si seulement elle avait pu prévoir le drame qui allait suivre... Si seulement elle avait su, à cet instant, ce que Jed était sur le point de faire...

6

Miriam hurla de joie et sauta à pieds joints lorsqu'elle vit Jed arracher le ballon des mains d'un Gladiator de Waynesbridge. Elle l'encouragea avec force cris tandis qu'il dribblait sur toute la longueur du terrain dégagé. Il sauta et marqua, sans grand effort.

La foule gronda. Le score du premier quart s'afficha : 36 à 31 pour Waynesbridge. Jed n'avait jusqu'ici marqué que quatre points et jouait, à ce que pouvait en juger Miriam, assez lamentablement.

— Pourquoi n'a-t-il pas smashé? grogna Holly.

— C'est l'horreur, ce match, pour lui! Il lui fallait un point facile pour se remettre dans le jeu, expliqua

Miriam pour excuser cette performance peu spectaculaire.

— D'un autre côté, quand c'est trop facile, c'est pas marrant à regarder, ronchonna Holly.

Miriam soupira et frappa dans ses mains pour encourager Jed.

« Le pauvre ! » se dit-elle.

Jed ne parvenait pas à entrer dans le jeu. Il ratait tous les tirs à distance et même lorsqu'il se trouvait dans la zone intérieure, il se faisait malmener sans réussir à prendre une seule balle au rebond.

Elle devinait, à sa manière de se déplacer, qu'il était hors de lui. Elle espérait que ce panier facile allait lui permettre de reprendre confiance en lui. Il fallait *absolument* qu'il garde son sang-froid.

Waynesbridge marqua de nouveau. Jed ne parvint pas à contrer un Gladiator qui fila devant lui et marqua sans rencontrer le moindre obstacle. Jed jura si fort que la moitié de la salle l'entendit.

— Chapeau ! Quel langage ! s'écria Holly.

— Oh ! arrête un peu, tu veux ! lâcha Miriam.

Gary avait maintenant la balle. Les Tigers avançaient en formation serrée sur le terrain. Deux passes plus tard, Gary envoya le ballon à Jed qui s'élança vers le panier. Alors qu'il s'apprêtait à marquer, un Gladiator sauta en l'air exactement au même moment, tapa très fort sur le ballon pour le faire dévier de sa trajectoire et envoya son coude dans la figure de Jed.

Les deux joueurs retombèrent lourdement sur le sol tandis que retentissait le sifflet de l'arbitre.

Jed se releva immédiatement et toisa son adversaire d'un air mauvais.

Miriam se figea.

Le Gladiator sembla dire quelque chose à Jed.

Jed répondit par un coup de poing magistral. Un murmure réprobateur parcourut l'assistance.

Le sang jaillit de la bouche du joueur.

Atterrée, Miriam laissa échapper un gémissement « Qu'est-ce qui lui prend ? » se demanda-t-elle, effarée.

La foule, survoltée par la tournure des événements, se mit à hurler.

Jed se rua sur le Gladiator et le terrassa en plaquant ses deux mains autour de sa gorge.

D'autres joueurs accoururent pour les séparer.

Mais Jed serra plus fort.

Le visage du Gladiator prit une teinte violacée.

Ses yeux étaient exorbités.

« Il est en train de l'étrangler ! » constata Miriam, horrifiée.

Jed essayait purement et simplement de le tuer.

7

Les hurlements qui fusaient de toutes parts l'empêchaient de penser clairement. Elle étouffa un cri : les membres des deux équipes luttaient afin de séparer Jed du pauvre joueur qui avait viré au violet sombre.

— Comment peut-il faire une chose pareille ? murmura-t-elle, effarée.

Les joueurs finirent par se séparer. Une fois le terrain dégagé, Miriam s'aperçut que Jed avait été traîné à l'écart par Gary et quelques autres qui le maintenaient solidement. Jed tenta une ultime ruade, sans succès.

Miriam retint son souffle, Jed saignait de la lèvre.

Le Gladiator était recroquevillé un peu plus loin. Les joueurs de son équipe formaient un cercle autour de lui. Il se tenait les côtes et semblait avoir beaucoup de mal à respirer.

Miriam se sentit défaillir. *Jamais* elle n'avait vu Jed dans un tel état. Un véritable fou furieux.

« Pourquoi, mais *pourquoi* ? ne cessait-elle de se répéter. Qu'est-ce qui lui a pris ? »

Jed parvint finalement à se calmer et les autres le lâchèrent.

— Aux vestiaires ! hurla l'entraîneur en désignant du doigt la sortie.

Jed sortit du terrain sous les huées. Il avançait, les poings serrés, les yeux rivés au sol. Il ouvrit la porte des vestiaires et disparut.

Miriam se rassit lentement, comme un automate.

Le jeu reprit, sans qu'elle y prêtât la moindre attention.

— Miriam, qu'est-ce qui s'est passé ? souffla Holly. Je n'arrive pas à y croire !

Miriam ne répondit pas. Toute la scène défila de nouveau devant ses yeux. Elle revit Jed. Cette lueur de folie dans son regard tandis qu'il serrait, serrait la gorge du joueur.

Elle se remémora sa colère subite, le vendredi précédent, près de la fontaine d'eau potable, au lycée.

Il avait un sérieux problème. Cela ne faisait aucun doute. Sa réaction était totalement disproportionnée.

Elle avait vu tous les matchs de basket qui s'étaient joués depuis le début de la saison. Bien sûr, Jed était loin d'être un joueur parfait, il commettait pas mal de fautes. Mais, à sa décharge, il avait un jeu très physique. Pour autant, cela ne justifiait en rien ce qui venait de se passer. Pourquoi cette fureur et cette violence soudaines ?

Miriam ne vit rien du reste du match. Les images se brouillaient devant ses yeux. Lorsque le signal de la pause retentit, les spectateurs se levèrent pour se dégourdir les jambes. Elle resta là, assise, l'air absent, regardant sans le voir le terrain vide.

— Miriam ? Tu te sens bien ? Miriam ? questionna Holly.

Elle leva les yeux vers son amie.

— Je ne l'ai jamais vu comme ça, murmura-t-elle.

Holly se rassit à ses côtés et posa une main amicale sur son bras.

— Tu te souviens de ce que je t'ai proposé, hier ? Quand je t'ai dit que je pourrais me renseigner sur Jed ? rappela Holly.

— Tu as appris quelque chose ? demanda vivement Miriam, une lueur d'espoir dans les yeux.

— Non, pas encore. Mais je n'ai pas encore sondé mes meilleures sources. Je vais demander à Gary, peut-être qu'il sait, lui. Peut-être qu'il s'est passé quelque chose entre Jed et ce gars de Waynesbridge... Si c'était le cas, ça expliquerait tout, suggéra Holly pour la réconforter.

Miriam poussa un soupir de découragement.

— Jed m'en aurait parlé. Il ne m'a jamais dit qu'il s'était disputé avec un autre joueur.

— Écoute, ne t'inquiète pas, ça va aller, Miriam. Je te le promets !

Miriam secoua tristement la tête.

— Ce sont les demi-finales, Holly. Si on entend parler de cette histoire dans les universités, on ne lui proposera jamais de bourse d'études. Tu ne comprends pas l'importance que ce tournoi a pour lui, pour son avenir, expliqua Miriam.

Holly ne répondit pas.

« De toute façon, il n'y a rien à dire, songea Miriam. C'est sans espoir. »

Elle se cacha le visage entre les mains et attendit la fin du match.

Les Tigers réussirent à enlever, in extremis, la victoire, grâce à un dernier panier marqué par Gary juste au moment où retentissait le coup de sifflet final. Le tableau d'affichage s'alluma : Tigers — 72, Visiteurs — 71.

Maigre réconfort, mais Shadyside High était sélectionné pour la finale.

Miriam nota les résultats avec indifférence. Elle n'avait plus le cœur à faire la fête.

— Tu viens, on s'en va ? suggéra Holly.

Miriam acquiesça d'un signe de tête et prit machinalement son sac et son manteau sur le banc, à côté d'elle.

Soudain, Holly lui saisit le bras.

— Regarde, là-bas... souffla-t-elle.

Miriam suivit son regard et aperçut Mei et Noah, au milieu du terrain, qui se hâtaient vers la sortie donnant sur le parking.

Holly fit la moue. Elle avait l'air déçue.

— Je t'avais dit qu'ils ne se quitteraient pas, rappela Miriam.

— L'espoir fait vivre, non ?

— Oui, mais seulement ceux qui ne veulent pas voir la vérité en face ou qui veulent se faire souffrir, renchérit Miriam.

Elles regardèrent le couple franchir la porte. Bien qu'elle ressentît vivement la déception de son amie, Miriam ne put s'empêcher de se réjouir en constatant que, malgré les injonctions des parents de Mei, ils étaient toujours ensemble.

Miriam voulait croire que l'amour finissait toujours par triompher.

— Euh... Holly ?

— Oui.

— Dis, cela t'ennuierait de m'attendre quelques minutes? J'aimerais juste dire deux mots à Jed, lorsqu'il sortira.

— Tu ne crois pas qu'il vaudrait mieux attendre qu'il se soit un peu calmé? suggéra Holly.

— Non, je veux lui parler maintenant, répliqua Miriam d'un ton sans réplique.

Holly sourit.

— Comme tu voudras. Rejoins-moi à la voiture.

— Ce ne sera pas long, assura Miriam.

« Enfin, j'espère », se dit-elle sombrement.

A part quelques enfants et leurs parents qui attendaient devant les vestiaires la sortie de l'équipe, le hall était désert. Miriam s'adossa au mur et soupira.

Quelques minutes plus tard, la porte du vestiaire s'ouvrit. Elle se redressa immédiatement, tendue. Plusieurs joueurs émergèrent, les cheveux encore trempés. Elle chercha Jed des yeux.

Gary sortit, accompagné de Teddy Miller et de Luke Appleman, l'air triomphant. Visiblement la tension du match n'était pas encore retombée. Leurs regards se croisèrent. Miriam lui adressa un petit signe de la main. Il fit un geste en direction des vestiaires lui signifiant que Jed n'allait pas tarder à sortir. Miriam indiqua d'un signe de tête qu'elle avait compris le message et Gary poursuivit son chemin avec ses coéquipiers.

Jed sortit enfin, un sac sur l'épaule, les yeux baissés.

— Jed! appela-t-elle d'une voix suraiguë.

Il tourna vivement la tête, le regard vide. Elle remarqua que sa lèvre inférieure était rouge et enflée.

— Salut! se contenta-t-il de marmonner.

Miriam se glissa à ses côtés et marcha à sa hauteur.

— Qu'est-ce qui s'est passé, Jed? Tu vas bien?

Il s'arrêta net.

— Non, Miriam, je ne vais pas bien ! Pas bien du tout ! J'étais à deux doigts de me faire expulser, alors tu vois, ça ne peut pas aller plus mal ! Tu es contente ? Ça te va comme information ?

— Mais pourquoi as-tu fait ça ? Qu'est-ce qui s'est passé ?

Il laissa échapper un soupir d'exaspération.

— Tu étais là, ou pas ? Cet abruti m'est rentré dedans exprès. Alors je l'ai allongé !

Il projeta son poing en avant, répétant le geste qu'il avait fait quelques instants plus tôt, sur le terrain. Il y avait deux entailles sur les articulations de sa main droite.

Elle fit un pas en arrière. Jed se comportait comme s'il ne réalisait pas qu'elle était là, devant lui. Sa gorge était tellement sèche qu'elle avait du mal à parler.

— Je ne comprends pas, Jed... Tu as déjà pris des coups avant aujourd'hui !

Il rit. Un rire sans joie.

— Peut-être que cette fois-ci je n'ai pas supporté, avança-t-il d'un air mauvais. Ces types viennent ici et pensent qu'ils peuvent nous traiter n'importe comment. Je n'aime pas qu'on me rentre dedans !

Il se rapprocha d'elle, sans la quitter des yeux.

— Tu aimerais ça, toi, qu'on te marche sur les pieds ?

Il lui donna un coup de poing à l'épaule. La douleur se diffusa dans tout son bras.

— Jed ! cria-t-elle en titubant et en venant heurter le mur derrière elle.

Elle regarda désespérément autour d'elle. Il n'y avait personne.

— Hein ? hurla-t-il, ça te plairait ?

Il lui assena un autre coup, plus fort que le précédent.

— Aïe ! Mais arrête, Jed !

Elle tenta de repousser son poing, près de s'abattre de nouveau sur elle. Il lui saisit la main et la broya de toutes ses forces.

— Jed ! hurla Miriam.

— Tu vois, maintenant ? fit-il. Toi non plus tu n'aimes pas ça ! Maintenant, tu sais ce que ça fait d'être humilié et de saigner comme un porc devant tout le monde !

Miriam essaya de se dégager mais il serrait sa main d'une poigne d'acier. Dans ses yeux, elle ne vit que du plaisir.

Il était heureux de la voir souffrir.

— Jed ! implora-t-elle. Tu me fais mal !

Ses mots ne le firent pas réagir. Il ne semblait pas l'entendre.

« Il va me casser la main », se dit-elle, paniquée.

La douleur fusa dans son bras et elle se mit à hurler.

8

Le hurlement de Miriam le ramena soudain à la réalité.

Il lâcha brusquement sa main et regarda autour de lui, hébété.

Miriam frotta ses doigts endoloris et leva les yeux vers lui. Des larmes ruisselaient le long de ses joues.

Jed cligna des yeux comme s'il venait subitement de se réveiller. Il se frotta les tempes, hagard.

— Oh ! non ! non ! Miriam !

Il recula d'un pas, tenta de croiser son regard.

— Miriam, je... je suis désolé, excuse-moi.

— Jed, tu es complètement fêlé ou quoi ? hoqueta-t-elle entre deux sanglots.

Elle détestait pleurer.

Elle le haïssait de la pousser à une telle extrémité.

— Je ne voulais pas te faire de mal, dit-il dans un murmure. Je ne sais pas ce que j'ai ce soir. Je n'arrive pas à me contrôler.

Elle sentit la colère monter.

— C'est tout ce que tu as à me dire ? explosa-t-elle. Tu m'as vraiment fait mal, Jed, et tu l'as fait exprès !

Il la regardait, les bras ballants, l'air honteux.

— Je... Je ne sais pas quoi dire. Je suis désolé. Je voulais... J'ai tout gâché ce soir, Miriam. Je suis en train de péter les plombs.

Sans un mot, Miriam tourna les talons et s'éloigna dans le couloir. Il *fallait* qu'elle soit loin de lui. Sa peur s'était transformée en rage.

Comment avait-il pu s'en prendre à elle ? *Et pourquoi ?* Elle avait envie de hurler.

Ce qui venait de se passer était trop sordide. Rester près de Jed une minute de plus lui était insupportable.

— Miriam ! Attends ! cria-t-il.

Elle entendit ses pas résonner derrière elle.

Tout à coup, une pensée la frappa, effaçant toutes les autres. C'était Jed qui était là. Le garçon qu'elle aimait. Il avait mal et il avait peur. Il devait avoir peur pour la première fois de sa vie.

Elle fit volte-face. Il s'arrêta net, comme s'il avait craint qu'elle ne le gifle.

— Écoute-moi bien, Jed, prévint-elle en le menaçant du doigt. Si jamais... tu m'entends, si jamais tu t'avises de lever de nouveau la main sur moi, tout sera fini entre nous. Tu m'as bien comprise ?

Il acquiesça en évitant son regard.

— Je n'ai jamais voulu te faire mal, Miriam. Je voulais juste... que tu comprennes ce que j'ai ressenti là-bas. Le match s'est transformé en cauchemar pour moi aujourd'hui.

Elle fit un signe de tête. Sa colère retomba. Il avait l'air tellement épuisé, tellement perdu. Comme un chiot qui ne cherchait qu'à s'amuser.

Elle eut pitié de lui. Elle prit sa main et la serra légèrement.

— Il faut que je m'en aille, dit-elle, Holly m'attend.

— Je suis vraiment désolé, Miriam, murmura-t-il. Tu ne peux pas savoir à quel point.

Elle fit signe qu'elle comprenait.

— Je sais.

Il fixait ses chaussures, l'air embarrassé.

— Miriam ?

Elle s'immobilisa.

— Quoi ?

— Est-ce que je peux te téléphoner ?

Elle sourit.

— Tu crois pouvoir faire ça ?

Il la regarda, soulagé et radieux.

— Oui, balbutia-t-il.

— Dans ce cas, d'accord.

On était en février et la nuit était glaciale. La plupart des voitures avaient déjà quitté le parking. Miriam repéra Holly qui sautillait sur place, près de sa voiture, pour se réchauffer. Elle exhalait de longues volutes blanches dans la nuit noire. Dès qu'elle la vit, Holly appela Miriam à grand renfort de gestes.

— Viens, viens ! cria-t-elle.

Miriam courut jusqu'à la voiture. Le moteur était en marche. Holly avait l'air très énervée... presque terrorisée.

— Monte ! lui ordonna-t-elle en se glissant au volant.

Miriam ouvrit la portière et se faufila à l'intérieur. Le chauffage était au maximum et Miriam se sentit immédiatement mieux.

— Qu'est-ce qui se passe, Holly ?

— Je... je viens d'entendre...

— Ah ! non ! Tu ne vas pas recommencer avec tes ragots ! Ce n'est vraiment pas le moment ! protesta Miriam.

— Non ! Cette fois-ci, il ne s'agit pas de rumeurs, corrigea Holly. J'ai tout entendu, de mes propres oreilles.

— Entendu quoi ?

— Sur le parking, tout à l'heure. Je cherchais mes clefs dans mon sac en marchant. Je ne regardais pas où j'allais. Je suis passée près de Mei et Noah. Ils discutaient devant la voiture de Mei. Je ne les aurais pas remarqués si je n'avais pas reconnu la voix de Noah.

Holly s'interrompit pour reprendre son souffle.

— Et ?

— Ils parlaient. Mais après coup, j'ai eu l'impression qu'ils se disputaient. Alors je me suis arrêtée et je me suis cachée entre deux voitures pour qu'ils ne me voient pas.

— Holly, ce n'est pas vrai ! Tu n'as pas fait ça !

— Tais-toi et écoute-moi deux secondes ! tonna Holly.

Son ton impérieux fit taire Miriam.

— Ils discutaient de la soirée de l'autre jour, chez Mei, quand sa mère a dit qu'elle ne voulait plus qu'elle revoie Noah. Elles ont dû se disputer bien plus sérieusement qu'on ne le croyait, Miriam. J'ai peur. Je n'ai jamais entendu Mei parler comme ça.

Elle s'interrompit de nouveau.

Miriam se sentit très mal à l'aise. Les problèmes de Jed passèrent au second plan tandis qu'elle attendait, concentrée, ce qui allait suivre. La terreur de Holly était presque palpable.

— Qu'est-ce qu'ils ont dit, Holly? la pressa-t-elle.

— J'étais à quelques mètres d'eux, Miriam. J'ai tout entendu. Je te jure que je l'ai entendu. Je te le jure!

Miriam eut envie de la secouer comme un prunier pour qu'elle dise enfin ce qu'elle avait entendu.

— Mais quoi, nom d'un chien?

Holly respira profondément avant de répondre. Elle se pencha vers Miriam.

— Ils ont dit qu'ils allaient tuer sa mère!

9

— Mais qu'est-ce que tu racontes? C'est complètement dingue! s'exclama Miriam.

— Je t'assure que je les ai entendus. J'étais tout près, je ne peux pas m'être trompée, assura Holly.

— O.K., O.K., je te crois! la rassura Miriam.

Holly était au bord de la crise de nerfs. Miriam ne l'avait jamais vue ainsi. Elle semblait complètement paniquée.

Miriam ne parvenait toujours pas à croire que Mei ait pu dire une chose pareille. Ce n'était pas possible.

— Holly, reprit-elle, raconte-moi exactement ce que tu as entendu.

Holly soupira longuement, en essayant de retrouver son calme.

— Au début, ils parlaient juste de la soirée. Ils disaient que c'était la faute des copains de Noah, qu'ils avaient tout gâché en venant sans être invités. Noah a dit qu'il les avait prévenus de ne pas venir s'ils avaient bu. Et puis après, il s'est excusé de l'avoir mise dans un tel pétrin. Ensuite il a crié. Il a dit quelque chose du genre « ta mère ne pourra pas nous empêcher de nous voir ».

Miriam hocha la tête. Jusque-là, rien d'anormal.

— Je crois qu'ensuite ils ont dû s'embrasser parce que je n'ai plus rien entendu pendant une minute ou deux. Je ne les voyais pas, alors je ne sais pas. Mais j'imagine, fit-elle avec une moue. Après... après, c'est Mei qui a parlé. Elle a dit, en hurlant : « Elle me le paiera. Je la tuerai ! »

— Et c'est tout ? demanda Miriam en éclatant de rire.

Holly la dévisagea.

— Comment ça, c'est tout ? Mais je te dis que je les ai entendus, Miriam ! Elle avait l'air de vraiment penser ce qu'elle disait.

Miriam leva les yeux au ciel.

— J'ai entendu Mei dire ça un millier de fois, chaque fois qu'elle se disputait avec sa mère. *Tout le monde* dit ça, Holly ! Tout le monde a envie de tuer ses parents sous le coup de la colère.

— Peut-être, mais tout le monde n'a pas Noah pour petit ami ! rétorqua Holly. Si tu les avais entendus, Miriam ! Quand elle a dit qu'elle voulait tuer sa mère, Noah a pris ça très au sérieux. Il a même dit que c'était une bonne idée. Il lui a dit qu'il ferait n'importe quoi pour continuer à la voir. *N'importe quoi*, Miriam ! insista Holly. Même un meurtre !

Miriam resta silencieuse. Elle réfléchit aux implications de cette nouvelle information.

— On ne peut rien en conclure, Holly, fit-elle. Noah a évidemment dramatisé comme d'habitude. Mais Mei ne ferait jamais une chose pareille. Personne ne pourrait faire une chose pareille !

Holly regarda Miriam, visiblement perplexe.

— Tu crois?

— Tout le monde dit des trucs comme ça, un jour ou l'autre, Holly, reprit Miriam.

— Tu en es sûre? fit Holly en clignant des yeux.

— Certaine.

— Bon, puisque tu le dis, admit-elle.

— Allons-y avant de mourir de froid, suggéra Miriam.

Holly mit le contact et conduisit lentement jusqu'à la sortie du parking. Elle prit la direction de Fear Street en silence. Miriam regardait par la fenêtre et se demandait comment elle réagirait si ses parents lui interdisaient de voir Jed.

— Eh, Miriam, ça m'était complètement sorti de la tête, mais comment va Jed, au fait? s'écria Holly au bout de quelques minutes.

Le souvenir de la soirée reflua en Miriam. Elle revit le coup de poing de Jed, ses mains autour de la gorge du joueur de Waynesbridge. Elle se souvint qu'il s'était fait lamentablement expulser du terrain et qu'il s'en était pris à elle en lui brisant presque les os de la main. Elle raconta toute la scène à Holly, qui l'écouta sans l'interrompre.

— Tu te sens comment maintenant? demanda Holly quand Miriam eut fini.

— J'ai un peu mal à la main, mais c'est rien.

— Ce n'est pas rien, Miriam. Il t'a physiquement agressée. Mais qu'est-ce qui lui a pris, bon sang!

Holly était franchement exaspérée.

— C'est rien, Holly. Il est tendu, en ce moment. Il a tellement peur de ne pas être sélectionné et de ne pas recevoir de bourse qu'il en perd complètement les pédales.

Holly explosa :

— N'essaie pas de le défendre, il n'en vaut pas la peine, Miriam. Un type violent comme lui ne te mérite pas.

— Tout va bien, maintenant, je t'assure. Il a juste besoin de décompresser, c'est tout. Je ne le défends pas.

— Si, tu le défends. Écoute-toi un peu !

Miriam s'aperçut que Holly avait raison.

— C'est plus fort que moi. Je n'y peux rien, Holly, reconnut-elle d'une voix lasse. Je tiens vraiment à lui, tu sais.

— Je sais, ajouta Holly en posant une main sur son bras. Mais s'il recommence, il faudra que tu prennes une décision radicale. Je l'ai vu, sur le terrain. J'ai vu comment il s'était jeté sur ce type. Jed a disjoncté, Miriam. Il est dans un sale état, crois-moi !

Ce que venait de dire Holly résonna étrangement à ses oreilles. Elle continua de masser ses doigts douloureux, espérant que Holly se trompait.

Miriam retrouva Judie, le lundi matin, devant leurs casiers. Judie et sa mère s'étaient absentées, la veille, et les deux amies n'avaient donc pu se téléphoner. Miriam attendait avec impatience de lui raconter tout ce qui s'était passé samedi soir.

Judie se réjouit en apprenant que Shadyside avait gagné le match. Elle s'assombrit, en revanche, lorsque Miriam lui expliqua ce qui s'était passé pendant et après le match.

— C'est vraiment inquiétant, fit Judie à voix basse. Peut-être que tu devrais conseiller à Jed d'aller voir quelqu'un...

— Non, je ne crois pas que ce soit nécessaire. Tout va bien maintenant. Comme je le disais à Holly, je pense qu'il a juste besoin de décompresser un peu. Ne t'inquiète pas.

— J'espère que tu as raison. Pour toi, je veux dire, précisa Judie.

Miriam hocha la tête. Tout allait très bien se passer maintenant. Elle en était convaincue. « Une fois qu'il aura obtenu sa bourse, il redeviendra comme avant, attentionné et gentil », se persuada-t-elle.

Miriam en eut soudain assez que les autres s'inquiètent constamment pour Jed et décida de changer de sujet.

— Eh, attends! J'ai oublié de te dire un truc incroyable, enchaîna-t-elle.

Elle lui raconta comment Holly avait espionné Mei et Noah, cachée entre deux voitures, et ce qu'elle prétendait avoir entendu concernant le meurtre de la mère de Mei.

— Holly était morte de trouille! commenta Miriam.

Judie éclata de rire, pour la première fois depuis des lustres.

— C'est bien fait pour elle! s'exclama-t-elle. Il est temps qu'elle se rende compte qu'à force de raconter des histoires, elle va finir par s'attirer des ennuis.

Miriam eut un peu honte de rire de Holly derrière son dos. Elle avait eu tellement peur ce jour-là.

Mais d'un autre côté, Judie riait si peu souvent depuis la mort de son père que tout ce qui pouvait l'égayer, même si c'était aux dépens de quelqu'un, valait tout de même la peine d'être dit.

— Mei, en train de préméditer le meurtre de sa mère? Tu parles, elle ne prendrait même pas le risque de se casser un ongle! ironisa Judie en secouant la tête.

— Ce que tu peux être peste! sourit Miriam.

— Laisse-moi deviner comment elle procéderait,

poursuivit Judie. Avec un crayon à maquillage? Des émanations de vernis à ongles?

— Arrête! pouffa Miriam.

— Ah non! Attends! J'ai trouvé! Avec son sèche-cheveux!

Miriam ne pouvait plus s'arrêter de rire. Elle avait oublié à quel point Judie pouvait être drôle. Elle s'appuya contre son casier, incapable de réprimer son fou rire. Elle imaginait Mei courant après sa mère, une bombe de laque à la main.

Elle rouvrit les yeux, haletante.

Holly se tenait en face d'elles, immobile.

— Eh, salut, Holly! fit-elle dans un hoquet, essuyant les larmes aux coins de ses yeux.

Holly ne répondit pas. La lèvre inférieure tremblante, elle serrait les poings.

— Vous savez ce qui vient de se passer? articula-t-elle.

Le cœur de Miriam se mit à battre plus vite.

— Quoi?

— La mère de Mei est morte!

10

Morte!

Le mot explosa dans la tête de Miriam. Pendant quelques secondes, elle ne vit plus rien. Tout était devenu blanc autour d'elle.

Morte. Morte.

Elle se répéta le mot jusqu'à ce qu'il ne veuille plus rien dire.

— C'est vraiment pas drôle, intervint Judie.

Holly secoua la tête.

— Je ne rigole pas. C'est la vérité. Ils l'ont trouvée hier soir. En bas des escaliers, chez elle. Vous savez, ceux en colimaçon, dans le salon ? (Holly déglutit.) Elle avait la nuque brisée.

Miriam avait du mal à respirer. Elle ouvrit la bouche pour parler mais aucun son n'en sortit.

Morte.

Non, ce n'était pas possible.

Elles venaient juste d'en parler, elle et Judie. Elles avaient même plaisanté là-dessus !

« Une minute, se dit soudain Miriam. C'est ce que Holly a encore entendu raconter. Mais ce n'est peut-être pas vrai ! »

Et si c'était vrai ?

Miriam considéra de nouveau Holly. Elle était toujours immobile, le teint blême. Elle se mordillait nerveusement la lèvre.

— C'est Mei, Miriam. C'est *elle* qui l'a tuée ! murmura Holly.

— Non ! rétorqua Miriam aussitôt. Mei n'aurait jamais fait une chose pareille. Jamais !

— Alors explique-nous pourquoi elle est morte. Qu'est-ce qui a pu se passer ? répliqua Holly.

Miriam tenta de visualiser la scène et de retrouver son sang-froid.

— Je n'en sais rien, moi ! lâcha-t-elle. C'était peut-être un accident. Il y a des tas de gens qui tombent dans les escaliers !

— Tu crois vraiment ça, Miriam ? demanda Judie, dubitative.

Miriam se détourna. Elle ne savait plus ce qu'elle croyait.

— Bien sûr que non qu'elle ne le croit pas ! s'entêta

Holly. Elle pense comme nous. Que c'est Mei ou Noah qui l'ont poussée!

— Ce n'est pas possible! Je connais Mei, insista Miriam. Elle serait incapable de faire ça.

— Elle, peut-être, mais Noah? suggéra Judie d'un ton plein de sous-entendus.

Miriam ne répondit pas. Elle n'avait pas pensé à Noah. Jusqu'où pouvait-il aller par amour pour Mei? Il fallait reconnaître qu'il traînait avec de drôles de types. Elle savait aussi qu'il buvait, parfois, et qu'il s'était vanté de faire des trucs dangereux.

Mais de là à commettre un meurtre... En était-il capable?

— Arrêtez! Les gens ne tuent pas leurs parents sous prétexte qu'ils ne peuvent plus continuer à se voir, décréta Miriam.

— Parle moins fort, lui ordonna Holly. Tu veux que tout le lycée soit au courant?

— Qu'est-ce qu'on va faire? demanda Miriam.

Holly tiraillait nerveusement son foulard bleu.

— A mon avis, on devrait tout raconter à la police.

— Alors là, non! Pas question! affirma Miriam.

Tout raconter à la police impliquait qu'il était possible que Mei ait tué sa mère. Or, c'était là une supposition qu'elle refusait d'admettre.

Holly se tourna vers Judie.

— Aide-moi à la convaincre, Judie. Tu penses, toi aussi, que c'est Mei qui l'a tuée.

Le regard de Judie se fit glacial. Elle n'avait pas dit un mot jusque-là. Elle était murée dans le silence. Peut-être cette nouvelle ravivait-elle le souvenir douloureux de la mort de son père.

— Judie, ça va? s'enquit Miriam.

— Oui, répondit-elle d'une voix blanche, le visage

sans expression. Je ne sais que croire. Pour quelle raison quelqu'un voudrait-il que ses parents meurent ?

Personne ne répondit. Pour Miriam, l'idée même que l'on puisse vouloir la mort de ses parents était inconcevable.

La sonnerie qui retentit soudain dans le corridor lui vrilla les tympans.

— Avant qu'on y aille, il faut que vous me disiez ce qu'on va faire, exigea Holly.

— Rien. On ne va rien faire du tout, déclara Miriam.

— Tu ne parles pas sérieusement ! s'exclama Holly, bouche bée.

— Holly, appela Judie.

— Il faut qu'on...

— *Holly !* insista Judie en la tirant violemment par la manche.

— Quoi ? demanda Holly entre ses dents.

— Le voilà, lâcha Judie en regardant par-dessus l'épaule de son amie.

Miriam fit demi-tour, retenant sa respiration.

Noah Brennan se dirigeait vers elles !

— Oh ! non ! murmura Holly.

La peur se lisait sur le visage de Noah. Il avait les traits tirés. Ses cheveux en bataille retombaient sur son front et ses yeux étaient injectés de sang.

— Qu'est-ce qu'on fait ? demanda tout bas Holly.

— Ne dis pas un mot, lui ordonna Miriam. Il ne sait pas que tu les as entendus dans le parking.

— Alors toi aussi, tu penses que ce sont eux qui l'ont fait, chuchota Judie.

Miriam l'ignora. Elle se contenta de fixer Noah qui s'approchait, le regard dur. Un frisson glacé la parcourut.

Il s'arrêta à leur hauteur et les dévisagea froidement en frottant son menton mal rasé.

— Noah ? appela timidement Holly.

— J'imagine que vous êtes au courant pour la mère de Mei... dit-il d'une voix éteinte.

Elles firent oui de la tête.

— On est vraiment désolées... souffla Miriam.

Que pouvait-elle dire d'autre à un... *assassin* ?

« Arrête ! s'ordonna-t-elle. Tu n'as aucune preuve contre lui. Alors arrête ! »

— Mei est bouleversée, reprit-il. Moi aussi, d'ailleurs. Je suis juste passé prendre ses devoirs pour la semaine.

Il se tourna vers Holly.

Miriam aurait juré que son amie rétrécissait à vue d'œil.

— Je t'ai vue au match, samedi dernier, dit-il.

Holly cligna des yeux.

— Ah bon ? fit-elle.

— Oui, sur le parking. Tu allais vers ta voiture.

Miriam n'arrivait pas à détacher son regard des mains de Noah.

Étaient-ce les mains d'un tueur ? Ces mains avaient-elles poussé Mme Kamata du haut des escaliers ?

— Il faut que j'y aille, annonça-t-il, le regard vide. Je dirai à Mei que vous pensez à elle.

— Merci, articula Holly. On... on l'appellera plus tard.

Noah se dirigea vers la sortie et disparut.

Elles s'affalèrent contre les casiers, pantoises. Miriam passa les mains sur ses bras : elle avait la chair de poule.

— Tu me crois, maintenant ? murmura Holly.

Miriam la regarda, perplexe. Elle ne savait plus quoi penser.

— Tu as entendu ce qu'il a dit ? demanda Holly

d'une voix pressante. Tu as entendu ce qu'il a dit à propos de samedi dernier ?

— Holly...

— Tu as vu comment il m'a regardée ?

Miriam revit le regard glacial de Noah.

— Ils m'ont *vue*, Miriam. Ils savent que je les ai entendus, ajouta-t-elle d'une voix hachée. Ils savent. Et maintenant, ça va être mon tour !

11

— Ne sois pas ridicule ! intervint Judie. Noah ne va pas bien, c'est tout. Il ne te menaçait pas !

— Non, corrigea Holly en secouant la tête. Je l'ai vu dans ses yeux. Il sait, je vous dis !

— Holly, reprit Miriam. Réfléchis bien à ce que tu es en train de dire. On parle de meurtre.

— Je *sais*. Qu'est-ce que vous croyez ? lança-t-elle d'une voix suraiguë.

Holly ! continua Miriam. Il n'a rien insinué du tout. Il n'a tué personne. Il est juste venu vers nous pour nous apprendre ce qui était arrivé à la mère de Mei.

— Fais attention, Holly, prévint Judie. Si tu commences à faire circuler de fausses rumeurs sur eux, ils seront les premiers à en souffrir. En plus, ils vont être furieux contre toi. Je suis sûre que tu ne penses pas réellement que ce sont eux.

— Comment veux-tu que je n'en sois pas sûre ? hurla-t-elle. Tu n'y étais pas, toi, sur le parking. On voit bien que tu n'as pas entendu le ton de sa voix !

— Judie a raison, Holly, renchérit Miriam. Si tu

commences à parler de cette histoire autour de toi, Mei et Noah ne s'en remettront pas. Tout le monde pensera qu'ils sont coupables, uniquement parce que tu les auras accusés.

— Et s'ils sont *réellement* coupables ? insista Holly.

Miriam haussa les épaules.

— S'ils sont coupables, ils seront arrêtés. Mais ce ne sera pas à cause de nous. Tu ne dois rien raconter, Holly. Rien du tout !

Holly soupira.

— D'accord. Je ne dirai rien.

— Promis ?

— Promis ! assura-t-elle.

Miriam se tourna vers Judie qui lui lança un regard surpris.

— Pourquoi tu me regardes comme ça ? Je n'ai jamais dit que c'était eux. Je ne délire pas, comme Holly.

— Merci, Judie, j'apprécie. C'est toujours agréable de savoir qu'on peut compter sur ses amies, grommela Holly.

— Je suis réaliste, c'est tout ! rétorqua Judie.

— Bon, on est toutes d'accord ? s'assura Miriam. Personne ne raconte rien.

Judie et Holly acquiescèrent. L'atmosphère était affreusement tendue.

Miriam scruta Holly. Cela ne faisait aucun doute : elle était convaincue que Mei et Noah avaient bel et bien tué Mme Kamata. Elle semblait aussi persuadée que son tour n'allait pas tarder à arriver.

Le pire dans tout ça, c'était que Miriam n'était absolument pas sûre que Holly avait tort.

« Mei n'aurait jamais pu faire ça, se répéta-t-elle, pour se convaincre. Holly se trompe. »

Elle pensa à Mei, prostrée, chez elle, en état de choc.

Elle la vit en larmes, pleurant sa mère. Le mélodrame qu'avait imaginé Holly avait tourné à la tragédie, une tragédie horrible qui avait coûté la vie à la mère de l'une de ses amies.

Elle essaya de se représenter sa propre mère, morte. Mais elle y renonça aussitôt, tant cette vision lui était insupportable.

Le père de Judie avait disparu trois ans plus tôt et, de temps à autre, Miriam voyait la tristesse gagner son amie. Judie portait en elle le souvenir de son père. Il semblait toujours l'accompagner, planer comme un nuage noir au-dessus de sa tête.

Comment Mei allait-elle s'en remettre ?

— Il faut que j'aille en math, dit Judie, tirant brusquement Miriam de ses pensées.

Cela paraissait irréel de devoir aller en cours après ce qu'elles venaient d'apprendre.

— Moi aussi, fit Holly.

Elle semblait plongée dans de sombres ruminations. Une expression maussade était peinte sur son visage.

— Holly ? appela Miriam.

— Quoi ?

— Ce n'est peut-être pas le moment de te demander ça, mais pourrais-tu me reconduire chez moi, ce soir ? Je ne crois pas que j'aurai la force de prendre le bus après une journée pareille.

Holly la regarda d'un air absent. Elle secoua la tête comme pour en chasser d'inquiétantes pensées. Visiblement, l'attitude de Noah l'avait perturbée.

— Je suis désolée, je ne pourrai pas ce soir, répondit-elle enfin. Je dois rester tard pour aider à décorer le gymnase. Tu sais, pour fêter la victoire des Tigers.

— On n'a pas encore gagné ! remarqua Judie.

— Non, mais les conseillers sportifs de l'école veulent qu'on commence à accrocher des pancartes et des banderoles. Ils disent que si on prépare tout dès maintenant, on sera prêts le lendemain même de la victoire, si jamais ils gagnent. Je me suis proposée pour peindre les banderoles, ajouta Holly.

— Appelle-moi lorsque tu seras rentrée, suggéra Miriam. D'accord ?

Holly fit un signe de tête.

— Promis.

La sonnerie du téléphone, à sept heures et demie, la fit sursauter. Miriam était tellement concentrée sur *La Lettre écarlate*, de Nathaniel Hawthorne, qu'elle étudiait pour son cours de littérature, que la sonnerie la surprit.

— Allô ?

— Miriam, c'est moi.

Miriam eut du mal à reconnaître la voix de Holly tant elle était étouffée.

— Salut, Holly ! Alors, tu tiens le coup ?

— Je suis toujours au lycée, répondit-elle d'une voix pratiquement inaudible.

— A sept heures et demie ! s'étonna Miriam.

— J'ai travaillé tard. Tout le monde est parti maintenant.

Miriam sentit un frisson lui picoter la nuque.

— Qu'est-ce qu'il y a ? Pourquoi est-ce que tu parles si bas ?

— Pour rien, répliqua Holly d'une voix plus ferme.

Elle marqua un temps d'arrêt.

— En fait, ça ne va pas du tout. Peux-tu venir me tenir compagnie, au gymnase ? Je vois des ombres partout, Miriam. Elles ressemblent toutes à Mei.

— Rentre chez toi, Holly, tu es fatiguée ! assura Miriam.

— Je ne peux pas, maugréa-t-elle. J'ai promis de tout

terminer ce soir. Je n'en ai plus pour très longtemps. Tu peux venir, s'il te plaît ? supplia-t-elle.

— Holly, même si Mei était vraiment là, elle ne te ferait pas de mal. Tu as trop d'imagination !

Holly fit comme si elle n'avait pas entendu.

— Si tu ne viens pas pour moi, viens au moins pour ce que j'ai à te dire. C'est important. C'est à propos de Jed... lâcha-t-elle, laconique.

Miriam se redressa vivement.

— Quoi ? Tu as appris quelque chose ?

— Il faudra que tu viennes me rejoindre si tu veux le savoir, prévint Holly d'une voix bizarre. Je t'en prie, Miriam. Je te dis la vérité. J'ai découvert quelque chose à propos de Jed. Et j'ai vraiment peur.

Miriam jeta un coup d'œil vers son manteau.

— Laisse-moi vérifier si je peux emprunter la voiture de ma mère.

Elle mit la main sur le combiné.

— Maman ?

— Oui ?

La voix de sa mère retentit au rez-de-chaussée.

— Est-ce que je peux emprunter la voiture ? Je n'en ai pas pour longtemps.

« Dis oui », supplia-t-elle silencieusement.

— Bien sûr, ma chérie. Mais ne sois pas trop longue. Il est tard, déjà.

Miriam retira sa main.

— Holly, c'est bon. J'arrive.

Pas de réponse.

— Holly ? appela-t-elle.

Silence.

Son cœur se mit à battre à se rompre.

— *Holly ?* cria-t-elle dans le combiné. Holly, réponds-moi !

12

Quinze minutes plus tard, Miriam se garait sur le parking de Shadyside High, juste à côté de la Camaro de Holly. Apparemment, elle se trouvait toujours dans l'établissement.

« Dans ce cas, pourquoi ne m'a-t-elle pas répondu ? » se demanda Miriam.

La double porte qui jouxtait l'entrée du gymnase n'était pas verrouillée. Elle fit un bruit sourd en se refermant derrière Miriam.

Le couloir central était désert et plongé dans l'obscurité. Elle s'arrêta et écouta. Personne. Il n'y avait personne. Pas un bruit de voix. Nulle part. Ni dans l'auditorium ni dans la bibliothèque, un peu plus loin.

Juste le silence.

— Holly ? appela-t-elle.

Elle n'entendit que l'écho de sa voix qui se répercutait sur l'enfilade de casiers le long des murs.

Miriam se dirigea vers le gymnase. Elle ouvrit la porte et jeta un œil à l'intérieur. Les spots orange étaient allumés, projetant des ombres étranges sur les murs décorés. Le sol était jonché de morceaux de papier crépon et de banderoles à la gloire des Tigers.

Mais hormis ces signes de récente effervescence, la salle était vide.

Où Holly pouvait-elle bien être ?

Elle l'appela de nouveau tout en avançant au milieu de la pièce.

Pas de réponse.

Une peur panique s'empara d'elle. Elle eut soudain envie de s'enfuir à toutes jambes. Elle repensa à la conversation qu'elles avaient eue, le matin. Le meurtre... les assassins.

Et si Holly avait eu raison ?
Non. Ce n'était pas possible.
Prenant une profonde inspiration, elle décida de pousser les recherches jusqu'aux vestiaires des hommes. Elle inspecta la petite salle attenante où étaient entassés divers accessoires de musculation. La porte des vestiaires était fermée.
Et toujours pas de Holly.
Elle s'apprêtait à tourner les talons lorsqu'elle eut l'idée d'inspecter le vestiaire des femmes. Tout à coup, elle aperçut, posée à même le sol, au milieu du couloir, une pile de fournitures de dessin.
Elle reprit une profonde inspiration et marcha d'un pas décidé vers le vestiaire. Elle avisa un panneau sur lequel on pouvait lire : « Allez les Tigers », à côté de la silhouette inachevée d'un basketteur, dessinée à même le bois. Une bâche avait été posée sur le sol, juste devant la pancarte. Deux pots de peinture et un pinceau semblaient attendre le retour de l'artiste.
— Holly ? appela-t-elle de nouveau.
« C'est la dernière fois », se promit-elle.
Elle devait quitter cet endroit le plus vite possible. Son sang battait à ses tempes et sa gorge était affreusement sèche.
Toujours pas de réponse.
Elle allait faire demi-tour lorsqu'elle s'arrêta sur un objet faiblement éclairé par les spots orange et partiellement caché par une pancarte. Elle avança. Un foulard bleu serpentait sur le sol.
Sa respiration s'accéléra.
Le foulard fétiche de Holly !
Un frisson courut le long de sa colonne vertébrale.
Holly ne faisait jamais un mètre sans son foulard.
Prise de vertige, elle voulut rebrousser chemin, traverser le gymnase, et fuir, fuir cet endroit lugubre.

Mais elle en fut incapable. Il fallait qu'elle voie ce qui se cachait derrière cette pancarte. Il fallait qu'elle jette un œil sur ce foulard.

Les jambes flageolantes, elle fit un pas en avant, évitant soigneusement les pots de peinture.

Elle se pencha, souleva le morceau de bois peint et laissa échapper un hurlement de terreur.

Holly gisait là, inanimée, les cheveux épars autour de son visage.

Un filet de sang s'échappait de son nez et coulait dans son oreille. Le foulard était si serré autour de son cou que sa peau, à cet endroit, avait pris une affreuse teinte violette.

Respirait-elle encore ?

Non.

Ses mains étaient inertes le long de ses flancs. Elle serrait encore les poings, comme si elle avait tenté de se défendre.

Puis Miriam vit ce qu'elle n'oublierait jamais.

Les yeux de Holly.

Ses magnifiques yeux verts.

Ce n'étaient plus que deux petits globes blancs, révulsés.

Des yeux d'aveugle, qui regardaient sans voir.

Des yeux de morte. Qui la fixaient.

Elle ouvrit la bouche et laissa échapper un hurlement d'horreur. Un long et interminable hurlement.

13

Miriam n'avait jamais vraiment hurlé, jusqu'à ce jour.

Hurlé de terreur.

Par peur pour sa vie.

Le cri jaillit hors d'elle sans qu'elle pût le réprimer.

Elle cria comme un animal pris au piège.

Si fort qu'elle se surprit à mettre ses mains sur ses oreilles pour ne plus s'entendre.

Elle trébucha et dérapa sur la bâche étendue au sol. Un pot de peinture se renversa et un flot rouge vif se répandit, souillant ses tennis blancs.

Elle tomba à la renverse.

Mais elle ne sentit pas la douleur. Tout ce qu'elle voyait, c'étaient les yeux blancs de Holly qui la fixaient, et ses poings serrés dans une improbable contre-attaque.

« Holly est morte! *Elle est morte!* se répéta-t-elle. Ce n'est pas possible! »

Glissant et patinant sur la couche de peinture, Miriam tenta de se relever.

Lorsqu'elle fut de nouveau debout, elle resta immobile quelques secondes. Un gémissement sourd montait de sa gorge, remplaçant le hurlement de terreur.

Les larmes lui brouillant la vue, elle fit volte-face et se mit à courir en direction de la sortie.

Soudain, elle sentit quelqu'un l'empoigner.

Et tenter de la retenir. Quelqu'un de grand et de fort.

— Non! hurla-t-elle en se débattant de toutes ses forces.

Elle frappa de ses poings le torse de celui qui l'agrippait.

— Miriam!

— Non !
— Miriam ! C'est moi ! Jed !
— Jed ? répéta-t-elle, éberluée.
Elle leva les yeux vers son visage plongé dans l'ombre.
C'était lui !
— Oh ! Jed !
Elle jeta ses bras autour de son cou et se serra contre lui, l'étreignant convulsivement.
— Qu'est-ce qu'il y a ? Pourquoi cries-tu comme ça ?
— Holly. Elle est là-bas... près des vestiaires... elle est morte.
Jed l'éloigna de lui.
— Quoi ? Qu'est-ce que tu racontes ?
Elle s'efforça de trouver son regard.
— Elle est morte ! hurla-t-elle. Va voir toi-même si tu ne me crois pas !
Jed la relâcha doucement et s'avança vers la porte des vestiaires. Il fit un pas de côté afin d'éviter la couche de peinture rouge qui maculait le sol. Elle imaginait parfaitement ce qu'il avait sous les yeux à l'instant même : les yeux blancs globuleux de Holly, son visage et son cou tuméfiés.
Elle s'affaissa sur le sol en sanglotant.
Comment tout cela avait-il pu arriver ? Elle ne comprenait pas. Elle n'arrivait plus à penser.
Jed revint en courant vers elle et la saisit sous les aisselles pour la remettre debout.
— Allez, viens, ordonna-t-il, on s'en va.
— Mais Jed ? Qu'est-ce qu'on va faire de...
— Elle est morte. Il faut trouver un téléphone. Il faut appeler la police.
Miriam acquiesça, les yeux aveuglés de larmes.
Ils se mirent à courir et firent claquer derrière eux la porte du gymnase. Ils parvinrent, tout essoufflés, aux

cabines téléphoniques alignées près de l'entrée. Jed fouilla frénétiquement dans ses poches à la recherche d'une pièce de monnaie.

— C'est gratuit, la police ! cria-t-elle. Vite, dépêche-toi !

Il grogna et composa le numéro. Elle entendit à peine ce qu'il racontait. Elle était incapable de se concentrer. Arpentant nerveusement le hall, elle s'approcha machinalement des portes qui menaient à l'extérieur.

— Miriam, viens ici ! appela Jed. Reste près de moi !

Elle entendit à peine son ordre tant ses oreilles bourdonnaient encore de son propre hurlement. Elle revit le cadavre de Holly, le foulard bleu et la marque violette sur son cou. Elle l'imagina en train de se débattre, de donner de pauvres coups de poing à son agresseur.

Son agresseur.

Elle se figea.

Qui avait fait ça ?

Mei ? Noah ? Était-ce possible ?

Comme dans un rêve, elle entendit Jed raccrocher le combiné. Il était maintenant à ses côtés et la tenait serrée contre lui.

— Viens, dit-il doucement.

Ils ouvrirent la double porte et sortirent sur le parking.

L'air glacial lui éclaircit les idées. Elle voyait tout distinctement maintenant : la main de Jed sur son bras, les taches rouges sur ses chaussures. Elle sentait la morsure du froid sur ses joues, là où les larmes avaient laissé leur trace.

Jed la fit asseoir sur le trottoir, près de la Camaro de Holly.

Elle revit Holly au volant de sa voiture, distillant d'un

ton frivole les derniers potins qui circulaient dans le lycée. Holly qui la conduisait au match de basket de Jed. Holly, son foulard favori autour du cou... Le foulard que l'on serrait, fort, fort, encore plus fort...

Holly.

Elle ne pouvait pas le croire. Holly, *morte* ?

Assassinée !

— Est-ce que ça va aller, Miriam ? demanda Jed d'une voix douce.

Elle fit non de la tête et tira de sa poche un Kleenex dans lequel elle se moucha bruyamment.

— Non, je n'irai plus jamais bien maintenant, hoqueta-t-elle.

Jed l'attira à lui et lui murmura des paroles réconfortantes.

— Je n'ai pas besoin qu'on me console, Jed, répliqua-t-elle froidement. Je veux savoir qui l'a tuée.

— Je ne sais pas qui l'a tuée, mais celui ou ceux qui l'ont fait sont loin, maintenant, fit-il.

« Peut-être, songea Miriam. Mais je sais où ils habitent. »

— Il y a une partie de moi qui me dit que ce n'est pas vrai, que ça n'a pas eu lieu. Que j'ai fait un cauchemar, parvint-elle à articuler, levant les yeux vers lui. Mais je sais qu'elle est morte. Je l'ai vue, étendue, là-bas. Je l'ai vue.

Elle se couvrit le visage des mains.

Jed se leva et fit les cent pas.

— Où sont les flics ? grommela-t-il. Pourquoi mettent-ils tant de temps à arriver ?

Miriam le considéra de nouveau. Ses yeux. Ils étaient si froids... Jed semblait avoir complètement oublié sa présence.

Soudain, sans que rien ne le laisse prévoir, il se précipita sur la voiture de Holly.

Ébahie, elle le regarda frapper de ses poings le capot de la Camaro et bourrer de coups de pied les roues du véhicule, en proie à une rage muette.

« Oh ! non ! se dit-elle. Il recommence. Cette fois-ci, il craque pour de bon ! »

Elle réprima un sanglot.

— Jed ! cria-t-elle.

— Quoi ?

— Arrête, je t'en prie ! le supplia-t-elle, désespérée. Serre-moi dans tes bras.

Il l'observa quelques instants sans mot dire, puis soupira en secouant la tête. Il vint se rasseoir à ses côtés et mit son bras autour d'elle. Elle enfouit son visage dans le creux de son épaule.

— Je suis tellement contente que tu aies été là, souffla Miriam.

Au moment où elle prononçait ces mots, une évidence la frappa en plein cœur. Il avait été dans les parages, pendant tout ce temps. Seul, dans une école déserte et sombre.

Miriam se redressa. Une angoisse la saisit.

Jed. Seul dans le gymnase. A une heure pareille.

— Jed ? Qu'est-ce que tu faisais au lycée ? risqua-t-elle d'une voix tremblante.

Soudain, elle n'eut plus envie de connaître la réponse. Mais quelque chose la poussa à répéter sa question.

— Jed ? Que faisais-tu là ?

14

— Je m'entraînais. Je faisais de la musculation avec Gary, fit-il, l'air ailleurs. Il est parti quelques minutes avant moi.

Il se raidit.

— Oh ! mince, Gary ! Quand il va apprendre ce qui est arrivé à Holly...

— Oh ! Jed, gémit-elle. Il va s'effondrer...

Miriam respirait plus calmement maintenant et ses pensées commençaient à s'ordonner.

— Vous étiez là tous les deux... reprit-elle. Est-ce que vous avez entendu quelque chose ?

Il secoua la tête.

— Non, rien du tout. On écoutait de la musique sur la radiocassette de Gary. On avait mis le son à fond.

— Tu en es sûr ?

Il s'assombrit.

— J'en suis sûr, Miriam, puisque je te le dis ! On n'a rien entendu du tout !

Pendant un bref instant, Miriam crut qu'il allait exploser. Au prix d'un gros effort sur lui-même, il réussit à se contenir et à refouler la colère qui menaçait de le submerger.

Elle frissonna.

— Qui serait capable de faire une chose pareille ? demanda-t-il comme s'il se parlait à lui-même.

Elle plissa les yeux et réfléchit.

En effet, qui ? Qui avait pu commettre un meurtre aussi barbare ?

Ce ne pouvait être que quelqu'un de foncièrement mauvais.

Quelqu'un de diabolique.

Quelqu'un qui avait été capable de tuer sa propre mère.

Mei !

Le lendemain après-midi, Judie apporta ses devoirs à Miriam qui n'était pas allée en classe.

Encore sous le choc, elle aurait été incapable de suivre un cours.

— Tu te sens bien, Miriam ? demanda Judie. Tu veux boire quelque chose ?

Miriam secoua la tête en guise de réponse.

« J'en ai assez que tout le monde me demande si je me sens bien. Comme si j'avais attrapé une simple grippe ! » protesta-t-elle en son for intérieur, la tête lourde.

La journée s'était traînée lamentablement. Elle était restée enfouie sous la couette, somnolant la plupart du temps. Dormir lui paraissait encore le meilleur moyen de ne pas penser à Holly.

Quoique... Les yeux révulsés de Holly et son cou violacé et meurtri hantaient ses cauchemars.

C'était insupportable.

— Gary est bouleversé, reprit Judie. Il devait tenir à Holly plus que je ne l'imaginais.

Miriam se demanda pourquoi Judie semblait si détachée, si insensible.

« Peut-être parce qu'elle est sous le choc. Comme moi. »

— Il n'est pas venu en cours aujourd'hui, poursuivit Judie. Je me suis arrêtée chez lui ce matin, avant d'aller au lycée. Mais son père n'a pas voulu me laisser entrer.

Miriam ne dit rien, bercée par le babillage tranquille de son amie. Curieusement, elle tenait à savoir ce dont on parlait dans le monde tordu de Shadyside High. Elle se rendit compte, avec un léger sentiment de culpabilité, qu'elle aussi avait pris goût aux rumeurs et qu'il lui était bien difficile de s'en passer...

— Mei non plus n'était pas en classe, aujourd'hui. J'ai vérifié, ajouta Judie.

Miriam ne répondit pas ; elle savait exactement ce à quoi pensait son amie.

— Noah était là, lui. Il a l'air vraiment cinglé. Je crois qu'il n'a pas dû dormir beaucoup ces derniers temps.

Miriam essuya ses mains moites sur sa couette et la ramena jusqu'à son menton. Plus elle avait chaud et plus elle se sentait protégée.

— Je n'ai pas envie de parler d'eux, Judie. C'est au-dessus de mes forces, déclara Miriam.

Judie se pencha vers elle.

— Tu sais, Miriam, tu n'es pas la seule à avoir de la peine ! Holly était aussi mon amie, fit Judie d'une voix cinglante.

Miriam hocha tristement la tête.

— Je sais, Judie, excuse-moi, tu as raison. C'est juste que je suis tellement malheureuse. Et puis j'ai peur, maintenant.

Judie s'assit au bord du lit.

— Je ne m'entendais pas toujours très bien avec Holly. Et tu vois, malgré tout, je n'arrive pas à croire qu'elle n'est plus là. Ce n'est pas parce que je contrôle mes émotions et que je ne les extériorise pas que je n'en ai pas.

Miriam se redressa dans son lit.

— Mais, je n'ai jamais pensé que tu ne ressentais rien, Judie ! s'exclama-t-elle en lui agrippant la main. Je me doute que toi aussi tu dois être chamboulée. C'est juste que...

— Que quoi ? coupa Judie.

Un pâle sourire éclaira le visage de Miriam.

— C'est juste qu'elle me manque déjà.

Une larme coula sur sa joue, qu'elle sécha d'un revers de main.

— Elle me manque, reprit-elle, et je suis incapable de penser à quoi que ce soit d'autre. Chaque fois que je ferme les yeux, je revois son visage.

— Je sais, murmura Judie. Une cérémonie est prévue pour demain, à l'école. Ils vont probablement parler d'elle, de sa mort, des conditions de sécurité dans l'établissement et ainsi de suite...

Elle marqua un temps.

— Les psychologues pensent qu'il faut que tout le monde dise ce qu'il a sur le cœur. Pour qu'on ne devienne pas maboules. Peut-être qu'à toi aussi, ça te ferait du bien d'en parler, hasarda Judie.

Miriam soupira.

— Je n'arrête pas de retourner tout ça dans ma tête, de me répéter toute l'histoire. Et ça ne change rien. Je ne me sens pas mieux pour autant. Ma mère dit qu'il faut que je retourne au lycée demain, que je retrouve le train-train quotidien. Elle dit que c'est la seule façon d'oublier.

« Oublier que Holly est morte », ajouta Miriam silencieusement.

Soudain, elle projeta rageusement son oreiller contre le mur.

— Tout le monde pense qu'il faut que j'oublie le cadavre de Holly! cria-t-elle dans un sanglot. Mais comment le pourrais-je? Comment?

— Ce n'est pas ce que je voulais dire, rétorqua Judie.

Miriam secoua la tête. La tristesse avait maintenant pris le pas sur la colère.

— Je sais, je parlais des autres, de Jed, de mes parents. Je ne pensais pas à toi, Judie, se reprit Miriam.

Au moins, toi, tu me comprends. Je ne m'en sortirais pas si tu n'étais pas là.

— Je ne suis pas aussi forte que tu le crois, corrigea Judie en détournant le regard. Du moins à l'intérieur.

— Peut-être, mais j'aimerais bien être aussi forte que toi, persista Miriam. J'ai toujours trouvé que tu étais plus forte que les autres. Tu es tellement calme et réfléchie. Tu n'as jamais manqué les cours. Et pourtant, je sais que tu as dû traverser des moments terribles après la mort de ton père. Mais la mort de Holly n'en est pas plus facile à supporter pour autant.

— Son meurtre, tu veux dire, corrigea Judie.

Miriam tressaillit.

— Je ne veux plus penser à ça, Judie.

— Il le faut pourtant, Miriam, insista Judie. Nous savons qui l'a tuée.

— Non, nous ne savons rien du tout.

— Tu peux me regarder froidement dans les yeux et prétendre que ce ne sont ni Mei ni Noah qui ont tué Holly ? Arrête un peu, Miriam ! Tu en as bien parlé à la police, hier soir...

— Non, rétorqua Miriam.

Judie la regarda, incrédule.

— Tu ne leur as rien dit ? Et pourquoi ?

— Parce qu'on n'a pas de preuves.

Sa voix se brisa sur ce dernier mot. Elle savait qu'elle avançait une bien piètre explication. Mei et Noah étaient coupables. Pourquoi diable ne pouvait-elle se résoudre à l'admettre ? *Ils avaient tué sa meilleure amie !*

Judie serra sa main avec force.

— Mei et Noah sont les seuls à avoir eu des raisons de la tuer, murmura Judie. Et tu le sais aussi bien que moi.

Miriam ne put la contredire. Elle *savait* que Judie avait raison.

— Holly aussi le savait, ajouta Miriam au bout de quelques secondes. Et nous ne l'avons pas crue.

Un silence pesant s'abattit entre elles.

— Qu'est-ce qu'on va faire, maintenant? demanda Judie.

— Rien, répéta Miriam. Ce n'est pas que je ne veuille pas faire quelque chose, mais sur la base de quoi? Tout ce que nous pourrions faire, à la rigueur, c'est raconter à la police que Mei et Noah ont parlé de tuer la mère de Mei. Ou leur dire qu'il y a une rumeur selon laquelle ils en auraient parlé.

— Tu as raison, reconnut Judie en fronçant les sourcils. La police va se moquer de nous si on prétend que la douce petite Mei Kamata a tué sa mère *et* sa copine de classe.

Miriam se cala contre la tête de lit, épuisée.

— Si c'est Mei, la police va bien finir par la coincer, non?

Judie ne répondit pas.

Elles restèrent un moment sans rien dire.

— Bon, je vais te laisser te reposer, déclara Judie en se levant. Je voudrais juste te donner tes devoirs avant de partir.

Elle se pencha et tira à elle son sac à dos. Elle le posa sur ses genoux, l'ouvrit et en sortit un cahier maculé d'une substance visqueuse et rougeâtre.

Judie réprima un cri. Le cahier tomba sur le lit.

— Qu'est-ce que c'est que cette horreur? lâcha-t-elle.

— Du... sang? balbutia Miriam.

Ses yeux allèrent de Judie au cahier taché qui gisait sur son lit.

On avait écrit quelque chose sur la couverture, en lettres de sang.

Miriam plissa les yeux pour déchiffrer le message.

— Qu'est-ce qui est écrit ? demanda Judie, le souffle coupé.

— « On sait que vous savez, lut Miriam d'une voix chevrotante. Le prochain tour sera le vôtre ! »

15

— Qui a écrit ça ? s'écria Judie, horrifiée. Et qui l'a mis dans mon sac ?

Miriam observa le cahier maculé qui glissait lentement sur le sol. La menace résonnait dans son esprit. Elle secoua vigoureusement la tête, abasourdie.

— Comment ce cahier a-t-il atterri dans mon sac ? répéta Judie, avant de siffler entre ses dents : Mei !

— Quoi ? intervint Miriam, ahurie.

— C'est Mei, affirma Judie. Il n'y a aucun doute. C'est elle et Noah qui ont écrit ça. Ils savent qu'on sait. Ils savent que Holly nous a raconté ce qu'elle a entendu sur le parking.

— Comment pourraient-ils le savoir ?

— Ils connaissaient Holly. La reine de la rumeur. Ils savaient aussi qu'elle ne pouvait jamais rien garder pour elle.

Miriam admit que Judie avait raison ; Holly était incapable de se taire.

Et ils le savaient.

— Ils sont dingues ! s'exclama Miriam. Complètement fêlés !

Elle rejeta furieusement la couette et se leva pour la première fois de la journée.

— Maintenant, ça suffit ! Il faut tout dire à la police ! déclara-t-elle d'un ton décidé.

— On ne nous croira jamais, se lamenta Judie.

— Maintenant, si ! affirma Miriam en désignant le cahier ensanglanté à ses pieds. Viens, Judie, il faut y aller tout de suite. Si Holly avait tout raconté à la police, elle serait peut-être encore en vie.

Elle songea avec amertume que c'était elle qui avait dissuadé Holly d'en parler à la police. Mais on pouvait compter sur elle : elle ne referait pas deux fois la même erreur !

— Tu en es sûre ? demanda Judie.

— Certaine ! rétorqua Miriam en soutenant son regard.

Pour la première fois depuis qu'elle avait découvert le cadavre de Holly, Miriam savait exactement ce qu'elle devait faire.

— Allons prévenir ma mère, poursuivit-elle. Elle voudra certainement nous accompagner.

— D'accord, renchérit Judie. Allons-y.

Deux heures plus tard, sa mère déposa Miriam devant la maison avant de reconduire Judie chez elle.

« Qu'est-ce qui nous attend, maintenant ? » se demanda-t-elle en pénétrant dans la maison obscure.

Le cahier et le sac de Judie étaient à présent entre les mains de la police de Shadyside. Il s'était avéré que ce n'était pas du sang, mais de la peinture. La même que celle utilisée par Holly le soir de sa mort.

Que ce soit du sang ou de la peinture importait peu. La menace, elle, en revanche, constituait un fait réel.

Les policiers les avaient prises très au sérieux dès qu'ils avaient vu le cahier. Ils avaient reconnu ne disposer, pour le moment, d'aucune piste précise, mais la conversation entre Mei et Noah interceptée par Holly ainsi que l'accident supposé de la mère de Mei allaient leur permettre d'examiner l'affaire sous un angle nouveau. Ils avaient promis d'explorer cette piste immédiatement.

Miriam s'était sentie légèrement rassurée. Qu'allait-il se passer maintenant ? Les policiers allaient-ils interroger Mei et Noah ? Allaient-ils les arrêter ?

Une pensée se glissa subrepticement dans l'esprit de la jeune fille. Et si les assassins présumés parvenaient jusqu'à Judie et elle avant que la police n'ait pu les interpeller ?

Le scénario était tellement plausible que Miriam en eut la chair de poule.

Elle entendit le bruit d'une voiture dans la rue. Elle éteignit la lumière de la salle à manger et se posta à la fenêtre. Elle ne reconnut pas le véhicule qui, de toute façon, s'éloignait déjà.

« Tu deviens complètement parano, ma pauvre Miriam ! » se dit-elle avant de monter quatre à quatre l'escalier.

Bien qu'il fût encore tôt, elle décida de se coucher.

Une fois allongée, elle tenta de trouver le sommeil mais ses yeux restaient désespérément ouverts. Elle revit Holly. Puis Jed. Jed, qui l'avait sauvée.

Jed...

Il lui manquait terriblement. Cela faisait quelque temps qu'elle ne se confiait plus à lui. Enfin, pas comme elle le faisait auparavant. Depuis qu'il avait commencé à changer, elle ne lui parlait plus aussi librement.

Il n'y avait que Judie, désormais, à qui elle pouvait se confier.

Elle ressentit soudain le besoin impérieux de parler à Jed. De lui raconter ce qui venait de se produire.

Elle ne l'avait pas vu depuis la veille au soir — la pire soirée de son existence —, au gymnase. Il l'avait appelée deux fois dans la journée, afin de prendre de ses nouvelles. Il avait été doux et gentil, comme il avait coutume de l'être, avant.

Avant.

Devait-elle lui téléphoner maintenant ? Il n'était pas encore très tard... Elle hésita. Pouvait-elle lui faire confiance ? Quelle garantie avait-elle qu'il ne s'énerverait pas de nouveau ?

Elle prit le téléphone.

Il décrocha dès la première sonnerie.

— Jed ?

— Miriam ? Tout va bien ?

— Non, dit-elle dans un souffle.

Elle sentit ses yeux se gonfler de larmes. Elle était tellement épuisée que le simple son de sa voix suffisait à l'émouvoir.

— Tu me manques, avoua-t-elle.

— J'arrive ! répondit-il.

Il arrivait.

— Dépêche-toi, souffla-t-elle dans le combiné.

Mais il avait déjà raccroché.

Dix minutes plus tard, les pneus de la petite Honda crissaient sur l'asphalte, devant la maison des Maryles. Miriam s'était rhabillée à la hâte et était descendue l'attendre à l'extérieur, sur les marches du perron. Elle était assise, courbée en avant, les bras autour de ses genoux. Étrangement, le froid ne la dérangeait pas. Bien au contraire. Il lui rappelait qu'elle était en vie.

Jed remonta l'allée en lui souriant. Elle se sentit fondre dès qu'elle vit sa haute silhouette. On aurait dit un prince, tout droit sorti de son imagination. Elle eut de nouveau les larmes aux yeux en dépit de la promesse qu'elle s'était faite de ne plus se laisser aller.

— Jed, gémit-elle d'une voix sourde.

Elle courut vers lui et se jeta dans ses bras musclés. Elle s'essuya le visage contre sa veste.

— Excuse-moi, fit-elle en reniflant. Je ne t'ai pas demandé de venir pour me voir pleurer. L'entraînement s'est bien passé ?

— Oublie le basket ! déclara-t-il en la guidant vers le porche. Tu ne m'as pas téléphoné pour que je te parle de l'entraînement, non ?

Ils s'assirent sur le perron.

— Oui, c'est vrai, admit-elle en inspirant longuement afin de reprendre ses esprits. C'est à cause de Holly...

Il fit signe qu'il comprenait. Mais évita soigneusement de la regarder.

— Je suis désolé, Miriam. Je ne sais pas quoi dire... On ne parlait que de ça, aujourd'hui, au lycée. Personne n'arrivait à penser à autre chose.

Elle se blottit contre lui. Il poursuivit :

— Gary est dans un état lamentable. Tout le monde est en train d'en faire une sainte, maintenant. Je voudrais arriver à oublier tout ça, mais je ne peux pas. Je n'y arrive pas.

Miriam l'observa plus attentivement. Que voulait-il dire par là ? Elle retint son souffle et attendit.

Mais rien ne vint.

— Je ne t'ai pas remercié pour hier soir, murmura-t-elle en glissant sa main dans la sienne. Pour ce que tu as fait pour moi.

Un sourire fugace se dessina sur le visage du jeune homme, qui évitait toujours de croiser son regard. Il se contenta de regarder dans le vide, les mâchoires serrées.

Miriam ouvrit la bouche, prête à tout lui raconter. Mei, Noah, la police, le cahier, la menace... Mais elle se ravisa. Une lueur inquiétante brillait au fond de ses yeux... Une lueur qu'elle avait déjà vue, le samedi précédent, à la sortie des vestiaires, après le match.

Jed avait un regard de tueur.

Comment pourrait-elle lui parler de Mei et de Noah ? Il disjoncterait.

Il aurait une nouvelle crise. Elle en était sûre.

Elle fronça les sourcils et tenta de déterminer ce qui provoquait de tels changements en lui. Avait-elle dit quelque chose de particulier ?

— Jed, ça va ? Tu te sens bien ? demanda-t-elle enfin d'une voix douce afin de ne pas le froisser.

Il se leva subitement.

— Non, ça ne va pas. Je suis désolé, Miriam, mais je ne supporte plus d'entendre parler de cette histoire ! Tout ça me rend malade.

Il était debout au-dessus d'elle, tremblant de rage.

— Elle traitait Gary comme un moins que rien ! En plus, elle était tout le temps en train de se mêler de ce qui ne la regardait pas ! Elle a même posé des questions à Gary à mon sujet, imagine-toi ! Qu'est-ce qu'elle voulait savoir, hein ? Ce qui ne va pas, peut-être ?

— Jed, je...

— Holly est morte, Miriam. Je sais que c'était ta meilleure amie. Je suis désolé pour toi, mais pas pour elle !

— On l'a *tuée*, Jed ! hurla Miriam. Quelqu'un l'a étranglée ! Comment peux-tu être si insensible ?

Il se pencha sur elle. Elle sentit son haleine brûlante, croisa son regard glacial.

— Parce qu'elle l'a bien cherché !

16

Miriam le considéra, submergée par la colère.

— Jed ! Comment peux-tu dire quelque chose d'aussi horrible ?

Elle s'était levée, l'œil rivé sur lui, le menton volontaire. Elle avait du mal à distinguer clairement ses traits car il restait dans l'ombre.

— C'est moi qui ai demandé à Holly de se renseigner sur toi, avoua-t-elle d'un air de défi.

— Qu'est-ce que tu racontes ?

— Oui, c'est moi. Tu ne t'es pas regardé ces dernières semaines ! lança-t-elle. Tu te comportes comme un malade. Tu es tout le temps en colère et tu as même réussi à bousiller le match le plus important de l'année ! Sans compter ce que tu m'as fait à moi !

Elle marqua un temps.

— Il fallait que je sache, Jed. Holly m'avait dit qu'elle se renseignerait pour moi. Elle ne faisait que me rendre service. Maintenant, elle ne peut plus rien me dire. Elle ne peut plus me raconter ce qu'elle avait découvert sur toi. Il faut que ce soit *toi* qui me l'expliques, Jed ! Qu'est-ce qui t'arrive, bon sang ?

Les épaules du jeune homme s'affaissèrent.

— Pourquoi as-tu fait ça, Miriam ?

— Parce que je tiens à toi, Jed, et que s'il y a quelque chose qui ne va pas, je veux le savoir. Même si c'est grave.

Il se détourna.

— Jed ?

— Quoi ?

— Dis-moi ce qu'il se passe. Je t'en prie !

Son visage s'était fermé à nouveau.

— Je te l'ai déjà dit ! C'est toute cette pression autour

de moi ! Mon père veut que j'aie une bourse. L'entraîneur veut que je m'entraîne vingt-quatre heures sur vingt-quatre. L'école tout entière s'attend que je gagne le championnat. Qu'est-ce qu'il faut que je te dise de plus ?

— Peut-être que si tu me parlais davantage, je pourrais faire quelque chose pour toi, riposta-t-elle d'un ton acerbe.

Il ne parut pas l'entendre. Il faisait les cent pas, frappant du poing dans sa paume ouverte.

— Je n'en pouvais plus ! poursuivit-il, les yeux hagards, l'air d'une bête traquée. Quand j'ai su qu'elle fouinait partout avec ses questions à la noix, ça m'a rendu fou. Qu'est-ce qui ne va pas ? Je vais te le dire, moi ! J'ai une vie, voilà ce qu'il y a ! J'ai pas que ça à faire, d'écouter ce que Mei Kamata a dit, ce que Mei Kamata a fait ! T'es contente ? Ça te va comme réponse ?

Elle resta bouche bée.

— Tout ça n'explique pas pourquoi tu as dit ces horreurs sur Holly, tout à l'heure. Personne ne peut dire que ce qui est arrivé est sa faute ! rétorqua-t-elle après quelques secondes.

Il partit d'un rire déplaisant.

— Peut-être que non, fit-il tandis qu'un rictus lui déformait le visage. Mais tu ne sais pas tout, Miriam. Tu le crois, mais tu te trompes.

Sur ces mots, il se détourna et se dirigea à grands pas vers sa voiture.

— Jed ! Attends ! cria-t-elle en courant à sa suite.

Elle s'immobilisa soudain au milieu de l'allée.

A quoi tout cela servirait-il ?

« Laisse-le partir, se dit-elle. Ce n'est plus celui que tu as connu. »

Pouvait-on devenir tout à coup si froid, si détaché ?

Pensait-il vraiment ce qu'il avait dit ? Estimait-il réellement que Holly méritait de mourir ?

Sans plus d'explications, Jed remonta en voiture, claqua la portière et démarra en trombe.

Seule à nouveau, elle prit une profonde inspiration et exhala lentement l'air froid qui forma comme une brume devant sa bouche.

« Tu ne sais pas tout, Miriam. » Qu'avait-il voulu dire ?

Un vent froid et mordant s'engouffrait dans la rue déserte et lui cinglait les joues. Depuis combien de temps était-elle dehors ? Elle enfouit ses mains dans ses poches et courut jusqu'à la maison.

En tout cas, il y avait une chose dont elle était sûre : il était hors de question qu'elle raconte à Jed ce qui se passait. Jed était devenu un inconnu pour elle.

Un inconnu violent dont elle commençait à avoir sérieusement peur.

— Je crois que je ne vais pas tenir le coup, Judie ! assura Miriam, qui s'immobilisa net dans le long corridor de Shadyside High.

Elle se sentait prise au piège, coincée dans la longue file d'élèves qui se rendaient à la cérémonie organisée en souvenir de Holly.

— Je ne peux pas entrer là-dedans, fit-elle.

— Allez, Miriam !... l'exhorta Judie. Tu verras, je suis sûre que ce ne sera pas aussi pénible que tu l'imagines.

Quelques élèves les bousculèrent en passant, visiblement pressés de se rendre au gymnase. Un exposé sur la sécurité dans les établissements ainsi qu'une réunion avec des psychologues avaient été programmés pour le même jour.

Tout cela était au-dessus des forces de Miriam.

— Ils rêvent, s'ils croient qu'on va se lever et leur

expliquer ce que l'on ressent. Devant toute l'école, en plus ! Ils peuvent toujours courir pour que je me prête à cette mascarade !

Elle n'avait pas envie de le dire mais il y avait une autre raison pour laquelle elle ne voulait pas entrer dans le gymnase.

C'était là qu'elle avait découvert le corps de Holly.

Judie insista mais Miriam resta inflexible. Quelqu'un la bouscula et un autre élève lui rentra dedans.

— Eh ! Vous bloquez le passage ! protesta-t-il.

Judie attrapa Miriam par le bras et la tira à l'écart.

— Tu ne peux pas rester là, en plein milieu du couloir, chuchota Judie d'une voix pressante. Qu'est-ce que tu vas faire en attendant ?

— Je ne sais pas. Écoute, vas-y. Laisse-moi. J'ai vraiment besoin de rester seule.

Judie la considéra un moment puis haussa les épaules.

— Comme tu voudras. Mais quoi que tu fasses, ne fais pas de bêtises. Il ne manquerait plus qu'on t'emmène au poste !

Miriam fit un signe entendu et grommela un vague remerciement.

Judie se glissa dans la file et disparut.

Immobile, Miriam regardait les élèves passer devant elle sans les voir.

Pour la énième fois, le cadavre de Holly apparut devant ses yeux. Son visage bouffi, les ecchymoses sur son cou, le filet de sang qui s'échappait de son nez...

Était-ce ce dont les psychologues voulaient l'entendre parler ?

Du souvenir qu'elle gardait d'une strangulation ?

Son estomac se tordit. Elle eut un haut-le-cœur et se précipita vers les toilettes des filles, une main plaquée sur la bouche.

Elle jeta ses livres dans un des lavabos et se rua dans les toilettes. Elle s'agenouilla devant la cuvette, haletante. Des images atroces passaient et repassaient devant ses yeux. Holly en train de se débattre. Holly qui étouffait. Holly qui mourait lentement.

Miriam voulait que tout sorte enfin d'elle. Il fallait qu'elle vomisse sa mémoire.

Mais rien ne vint.

Elle reprit peu à peu une respiration normale. Quelques gouttes de sueur perlaient à sa lèvre supérieure.

Elle prit de profondes inspirations et se redressa lentement.

Ses livres étaient épars dans le lavabo. Elle les empila un à un sur une petite étagère avant de faire couler l'eau. Elle s'aspergea le visage d'eau froide, puis s'essuya lentement, tout en s'observant dans le miroir.

« Qu'est-ce qui m'arrive ? »

Elle était si heureuse, avant. Elle avait Jed. Elle avait Holly et Judie. Des amies qui l'aimaient et qu'elle aimait en retour.

Tout ce bonheur facile semblait révolu à jamais.

Elle frissonna. Il faisait tellement froid dans ces toilettes. La porcelaine des lavabos lui parut glacée.

Froide comme un cadavre.

Soudain, elle sursauta. Il lui semblait avoir entendu un bruit.

Retenant son souffle, elle tendit l'oreille.

Un grincement déchira le silence.

C'est alors qu'elle vit dans la glace la porte des toilettes s'ouvrir lentement.

Elle se retourna.

Mei et Noah se tenaient immobiles dans l'encadrement.

17

— Mei ? glapit Miriam en s'agrippant au lavabo.

Ses jambes se mirent à trembler, près de se dérober sous elle.

Mei et Noah firent un pas en avant et la porte se referma derrière eux. Ils avaient l'air exténués et paraissaient ne pas avoir fermé l'œil depuis des semaines.

Qu'est-ce qu'ils fabriquaient là ?

— Miriam, il faut qu'on parle, lança Mei, la main en avant comme pour la rassurer sur ses intentions. Il faut que je sache ce que tu as dit à la police.

— La vérité, répliqua Miriam en les regardant l'un après l'autre.

Mei eut un léger rictus. Elle se tourna vers son compagnon qui la prit par l'épaule, sans pour autant quitter Miriam des yeux.

— Est-ce que tu te rends compte de ce que tu as fait ? demanda-t-il d'une voix sourde.

Miriam tressaillit. Apparemment, ils n'étaient pas venus pour la menacer ou lui faire peur.

Pourquoi étaient-ils là, dans ce cas ?

Mei la dévisagea avec mépris.

— Ce que tu as raconté aux policiers est entièrement faux, dit-elle. C'est un tissu de mensonges, Miriam !

Elle serra les poings et fit un pas en avant.

— J'adorais ma mère ! Jamais je n'aurais pu la tuer !

Miriam sentit le rebord du lavabo lui meurtrir les reins.

— Comment sais-tu que j'ai parlé à la police ? riposta Miriam.

— Parce que nous avons été tous les deux convoqués au commissariat, figure-toi. Ils ont gardé Noah pendant plus de quatre heures, hier soir.

Miriam jeta un coup d'œil à Noah. Il l'observait, le regard dur et froid.

— Pourquoi as-tu fait ça, Miriam ? lui cria Mei. On était amies. Comment as-tu pu raconter des mensonges pareils ?

Miriam devint livide. Prise d'un soudain vertige, elle se retint au lavabo.

Tout à coup, une pensée effrayante lui traversa l'esprit. Tout le monde était au gymnase. Personne ne savait où elle se trouvait. Personne ne l'entendrait crier.

— Mei... balbutia-t-elle.

— Arrête ! coupa Mei. Je sais pourquoi tu es allée au commissariat. Non seulement tu penses que nous avons tué ma mère mais tu es aussi persuadée que nous avons tué Holly, hein ?

Elle secoua la tête d'un air de dégoût.

— Je n'arrive pas à croire que Holly ait réussi à te faire avaler toutes ces salades ! Ma mère est tombée dans l'escalier *par accident*, Miriam. Elle s'était tordu la cheville quelques jours auparavant. Elle se l'est retordue en haut des escaliers et elle est tombée. Tu m'entends ? C'était *un accident* !

Miriam s'efforça de se concentrer sur ce que disait Mei pour essayer d'y voir plus clair.

Mais elle ne parvenait toujours pas à la croire.

Mei et Noah étaient les assassins, elle en était sûre.

Elle s'était dressée en travers de leur route, et cela ne leur plaisait pas du tout.

— Je ne vous crois pas, répliqua Miriam.

— Je te dis la vérité, Miriam ! explosa Mei. Je le jure sur *la tombe* de ma mère ! Tu sais à quel point nous étions proches, elle et moi ! hurla-t-elle d'une voix stridente. Arrête de croire toutes les salades que pouvait raconter Holly. Et *réfléchis* deux secondes !

Miriam secoua la tête.

— Elle vous a entendus en parler. Elle a tout entendu sur le parking, après le match de basket. Elle a entendu Noah te dire qu'il ferait n'importe quoi pour te garder !

— C'est vrai, ouais, j'ai dit ça, admit Noah avec hargne. Les flics ne se sont pas gênés pour me le rappeler, hier soir... Et pas qu'une fois, tu peux me croire. Tu n'as jamais dit que tu voulais tuer tes parents, toi, Miriam ?

Elle grimaça. Elle avait répondu exactement la même chose à Holly lorsque celle-ci lui avait rapporté la conversation du parking.

— Je l'ai sûrement dit des dizaines de fois, rétorqua Miriam. Mais moi, au moins, je ne l'ai jamais fait, ajouta-t-elle sèchement.

Le visage de Noah s'assombrit. Mei secouait la tête, décontenancée.

— Qu'est-ce qu'il faut qu'on te dise pour que tu nous croies ? demanda-t-il. Tu es la seule à connaître vraiment Mei. Tu sais qu'elle est innocente. Tu sais que c'est quelqu'un d'autre qui a tué Holly.

— Ah ! oui ! Et qui ? aboya Miriam.

Il haussa les épaules.

— Je n'en sais rien. Tout ce que je sais, c'est que ce n'est pas nous. Le reste m'est complètement égal !

— Pas à moi, gémit Miriam, les larmes aux yeux. Holly était ma meilleure amie.

— Moi aussi, un jour, j'ai été ta meilleure amie, rappela Mei. Pourquoi refuses-tu de me croire, maintenant ? Holly parlait trop, Miriam. Elle se moquait de faire du mal aux gens en racontant n'importe quoi. Il y a probablement pas mal de personnes qui auraient bien voulu la tuer. Mais ce n'est pas nous. Je te le jure.

Miriam la fixa intensément. Elle avait des souvenirs plein les yeux. Du temps où elles étaient inséparables, où elles allaient ensemble aux matchs de foot, aux cours de danse, au cinéma.

C'était vrai, elles avaient été les meilleures amies du monde.

Jusqu'à ce que Mei rencontre Noah.

Ses yeux s'arrêtèrent de nouveau sur lui. Comment pouvait-on croire quelqu'un qui avait un tel regard ? Qui sait ce qu'il avait bien pu raconter à Mei pour la convaincre ? Qui sait ce qu'il avait pu faire, lui seul, sans l'aide de Mei...

Mei effleura le bras de son petit ami.

— Viens, murmura-t-elle. Ça ne sert à rien.

Noah la serra contre lui, sans quitter Miriam des yeux.

Ils avancèrent ainsi jusqu'à la porte.

— Mei ? lança Miriam timidement.

Mei se retourna, une lueur d'espoir dans les yeux.

— Je voudrais te croire, murmura Miriam. Je sais comment tu étais avant, Mei. A l'époque, tu n'aurais pas fait de mal à une mouche. Mais maintenant... ajouta-t-elle en désignant Noah. Maintenant, je ne sais plus...

Les traits de Mei se figèrent.

— Je tuerais pour lui ! Je t'interdis de dire quoi que ce soit sur lui !

— Tu *tuerais* quelqu'un pour lui ? bégaya Miriam.

Mei sourit.

— Oui, je tuerais pour lui. Mais je n'ai pas dit que je l'avais fait.

Noah, un sourire narquois aux lèvres, la prit par la main et l'entraîna vers la porte, les yeux toujours rivés sur Miriam. Des yeux morts, sans expression.

Elle eut de nouveau la nausée.

Peu importait ce que Mei avait dit, si elle avait été

convaincante ou non. Noah Brennan était quelqu'un de dangereux. Il suffisait de voir son regard.

Un regard de malade.

Un regard d'assassin.

« Ils ne m'ont rien fait cette fois-ci, pensa Miriam, mais que se passera-t-il s'ils décident de revenir ? »

18

Miriam n'avait jamais attendu avec autant d'impatience la fin des cours. La sonnerie avait retenti une demi-heure plus tôt. Il n'y avait plus personne dans les couloirs.

Elle avait dû rester en classe afin de rattraper une interro d'histoire. Elle sortit de son casier les livres dont elle aurait besoin le soir, et referma la porte en s'efforçant d'ignorer le casier de Holly, juste à côté du sien.

Elle se dirigea d'un pas vif vers le parking. Compréhensive, sa mère avait accepté de lui prêter sa voiture pour la journée. Miriam lui en était reconnaissante ; elle n'aurait pas à prendre le bus et à affronter le regard des autres.

Elle s'apprêtait à passer devant le couloir qui menait aux vestiaires des garçons quand soudain elle entendit la voix de Jed.

Sa voix des mauvais jours.

— Fous-moi la paix ! hurlait-il.

Elle se faufila jusqu'à l'angle du couloir et se pencha en avant.

Ils étaient là, tous les deux, Jed et Gary, face à face comme deux coqs de combat.

Elle s'assura que, de là où elle se tenait, ils ne pouvaient pas la voir.

— Certainement pas ! répondit Gary sur le même ton. Et je te le dirai jusqu'à ce que tu arrêtes, Jed. Je ne vais pas garder ça sur la conscience pour le restant de mes jours. Tu vas te planter et je vais tout raconter.

— Tu ne feras pas ça, dit Jed, provocant. T'oseras jamais !

— Ah ouais ? Eh bien, tu vas voir, rétorqua Gary. Je sais ce que Holly avait découvert. Depuis le début, elle avait vu juste à ton sujet.

Touché, Jed prit un air mauvais.

— C'est plus fort que toi, il faut toujours que tu ramènes tout à elle, hein ? Mais il faut te dire une chose, mon pote, elle est morte, maintenant !

Gary recula d'un pas, sidéré que Jed ait osé faire une telle remarque.

Miriam se mordit la lèvre.

De quoi parlaient-ils ?

— Je te préviens, mec, t'as intérêt à m'oublier, moi et tout ce que tu sais sur moi !

— Tu ne me fais pas peur, Jed ! grinça Gary.

Jed leva un doigt menaçant.

— Je te le dirai pas deux fois : oublie-moi, pigé ?

Gary marmonna une insulte avant de disparaître dans les vestiaires.

Jed se mit à avancer dans la direction de Miriam.

Elle recula vivement, le cœur battant.

Qu'est-ce que Gary *savait* ? Qu'est-ce que Jed avait bien pu faire ?

Pour tromper ses soupçons, elle revint sur ses pas dans le couloir. Si elle tombait sur Jed, elle pourrait toujours prétendre qu'elle venait de son casier.

Il ne fallait surtout pas qu'il sache qu'elle les avait espionnés.

« C'est Holly qui serait fière de moi », se dit-elle sombrement.

Jed apparut à l'intersection des deux couloirs et se dirigea vers la sortie. Elle hâta le pas pour le rejoindre.

— Jed ?

Il pivota d'un bloc. Ses yeux jetaient des éclairs. Lorsqu'il se rendit compte que c'était elle, il se détendit un peu.

— Comment ça va ? fit-il, désinvolte.

— Je vais... ça va aller, se reprit-elle. Je me sens un peu mieux.

— C'est bien, fit-il d'un air absent. Très bien.

Un silence pesant s'installa.

— Euh, Jed...

— Écoute, je voulais...

Ils s'interrompirent.

— Continue, dit-elle.

— Non, vas-y, toi.

— Non, toi d'abord, insista-t-elle.

— Je... je voulais m'excuser pour l'autre soir. Je sais que je m'excuse presque tous les jours en ce moment. Mais je voulais te dire que je suis vraiment désolé d'avoir sorti ces trucs, sur Holly. Je sais que c'était ta meilleure amie. Je n'avais pas à parler d'elle comme ça.

Elle approuva d'un signe de tête.

— Et ? demanda-t-elle.

Il sembla décontenancé par sa question.

— Ben, c'est tout. Et puis aussi que... j'espère que tu viendras me voir jouer ce soir. On rencontre Reed Valley. Si on gagne, on va en finale. L'entraîneur m'a dit que c'était ce soir ou jamais, pour moi. Une demi-douzaine de sélectionneurs vont assister au match. Il faut que je leur en mette plein la vue !

De nouveau elle se contenta de hocher la tête. Puis, n'y tenant plus :

— Écoute-moi bien, Jed, lâcha-t-elle. Je vais te donner une dernière chance. Et je veux que tu me dises, une fois pour toutes, la vérité. *Qu'est-ce qui ne va pas ?*

Il serra les mâchoires et remit d'un geste nerveux la bandoulière de son sac de sport sur son épaule.

— Alors ? insista-t-elle.

— Miriam, si je me plante ce soir, ce sera fini pour moi. Plus de basket, plus de bourse, plus d'université, plus rien. Tu ne peux pas comprendre ça ?

— Il n'y a pas que ça, Jed ! protesta-t-elle.

— Bien sûr que si ! Je te jure que je te dis la vérité, Miriam. Que veux-tu de plus ?

Elle se rapprocha.

— Qu'est-ce que tu caches, Jed ?

— Quoi ?

— Tu caches quelque chose, Jed, je le sais. Holly m'a téléphoné le soir où elle a été tuée pour me dire qu'elle avait découvert quelque chose sur toi. Qu'est-ce que c'est, Jed ?

Il leva les bras.

— Comment veux-tu que je le sache ? Je ne sais pas de quoi tu parles.

— Oh ! si ! tu le sais...

— Écoute, Miriam, j'en ai marre de parler de Holly. Je me contrefiche de ce qu'elle t'a raconté ou de ce qu'elle avait à raconter. Elle est morte, et toi, tout ce que tu trouves à faire, c'est de t'intéresser encore à ses ragots. Il faut passer à autre chose, ma vieille !

Miriam fit un pas en arrière. Pourquoi ne pouvait-il lui dire ce que Holly avait découvert ?

Soudain, elle comprit.

Holly avait découvert quelque chose qui le concernait directement.

Quelque chose de tellement terrible que même Gary ne l'avait pas supporté.

Jed était au lycée le soir de la mort de Holly. Tout seul.

Il s'était montré juste après que Miriam eut découvert le corps.

Avait-il quelque chose à voir avec ce meurtre ?

Était-ce lui le... meurtrier ?

Elle l'observa avec attention.

La question lui brûlait les lèvres. Il fallait qu'elle la pose de nouveau.

— Que faisais-tu au lycée, Jed, le soir où Holly a été tuée ?

19

— T'es de la police ou quoi ? rétorqua-t-il. Je te l'ai déjà dit. Je faisais de la musculation.

— Tu ne crois pas qu'il était un peu tard pour ça ?

— Eh ! oh ! deux secondes, là ! Tu crois quand même pas que j'ai tué Holly, hein ?

Elle plongea ses yeux dans les siens. Il était furieux mais elle n'allait pas en rester là, cette fois-ci. Il fallait qu'elle sache.

— Si ce n'est pas ça, alors dis-moi ce qui se passe, Jed ! *Dis-le-moi !*

— Gary et moi, on avait décidé de faire une séance de muscu pour rester en forme entre les matchs de championnat. C'est interdit ? Si tu ne me crois pas, va lui demander. Va ! Qu'est-ce que tu attends ? Il est dans les vestiaires.

Elle hésita. Était-elle allée trop loin ?

— Je sais que tu caches quelque chose, Jed. Et je te promets que je découvrirai ce que c'est !

Il éclata de rire. Un rire sec, sans joie.

— Écoute, Miriam, ça suffit comme ça ! J'en ai marre !

Il s'écarta en secouant la tête.

— Si tu penses que j'ai tué Holly, parfait. Je suis un assassin ! Eh bien, cet assassin que tu as devant les yeux va rentrer chez lui se préparer pour son match. Parce que ce soir, il va marquer quarante points et décrocher le gros lot : une bourse pour l'université de Georgetown. Tu es contente ? Alors, salut !

Il tourna les talons.

— Jed !

Il ne répondit pas.

— Jed ! fit-elle avec un tel accent de désespoir dans la voix qu'il s'immobilisa net.

Il resta de dos quelques instants puis se retourna lentement. Il n'y avait plus de colère dans ses yeux. Seulement une fatigue immense.

Miriam se mit à trembler de tous ses membres. Elle était incapable de se maîtriser. Elle était vraiment en train de perdre la boule.

Mais il fallait qu'elle prenne une décision.

Elle ne pouvait imaginer que Jed fût l'assassin. Ni qu'il pût être capable de commettre un crime d'une telle violence. Il disait des choses bizarres sur Holly à présent, mais il l'avait toujours appréciée auparavant. Il n'aurait jamais pu la tuer.

« Il ne l'a pas tuée ! »

— Allez, Miriam ! fit-il, excédé. Il faut que je m'en aille.

Les mots n'arrivaient pas à sortir tandis qu'elle le regardait, les yeux brillants de larmes.

— Oh, Jed... je suis... balbutia-t-elle.

— Je sais, soupira-t-il.

— ... désolée.

— Je sais.
— Je serai là, ce soir, pour le match.
— Merci. Moi aussi, j'y serai, répondit-il.
— Judie, je t'en prie, accompagne-moi au match, supplia Miriam. Je ne peux pas supporter l'idée d'y aller seule.

Judie secoua négativement la tête.

— Alors là, certainement pas ! Il n'est pas question que j'aille dans un endroit où je risque de tomber sur Mei et Noah. Et si tu étais tant soit peu maligne, tu ferais comme moi.

Frustrée, Miriam s'affala de tout son long sur le lit de Judie pendant que celle-ci remettait en place le petit réservoir d'eau des hamsters.

Miriam était allée directement chez Judie après ses cours. Judie avait la tête froide et Miriam avait besoin de ses conseils sur l'attitude qu'il convenait désormais d'adopter à l'égard de Jed.

Mais Judie n'avait pas l'air dans son assiette, aujourd'hui.

A vrai dire, elle semblait terrifiée.

Depuis que Miriam lui avait relaté la visite de Mei et de Noah dans les toilettes du lycée, Judie se comportait comme une gamine apeurée. Elle avait filé directement chez elle après l'école et refusait catégoriquement de sortir.

— Gary va avoir besoin que tous ses amis le soutiennent, expliqua Miriam. Ce match va être très difficile pour lui. Tu sais à quel point il a été bouleversé par la mort de Holly.

— Je sais, reconnut Judie. Mais imagine comment il se sentira si nous sommes toutes les deux assassinées.

Elle replaça le couvercle sur la cage et se retourna, l'air grave.

— Je crois que tu devrais dire à la police que Mei et Noah t'ont menacée, aujourd'hui.

Miriam revit la scène. Les yeux de Noah, surtout.

Si froids.

Si menaçants.

Et pourtant, ni lui ni Mei ne l'avaient réellement *menacée*.

— Je ne sais pas, Judie, murmura-t-elle, pensive. J'ai l'impression que Mei m'a dit la vérité. Je veux dire... c'est vrai, je la connaissais bien avant. Je le saurais si elle mentait.

Judie plissa les yeux.

— Tu es incroyable ! s'écria-t-elle. S'ils ne l'ont pas tuée, alors qui est-ce, hein ? *Qui ?* Qui d'autre avait de bonnes raisons de la faire disparaître ? Qui, à ton avis, nous a envoyé ce message en lettres de sang ?

— Écoute, Judie ! Je suis sûre que Mei disait la vérité, insista Miriam. A mon avis, elle croit sincèrement que sa mère est morte accidentellement.

— Peut-être que c'est ce qu'elle croit, admit Judie. Peut-être aussi que c'est ce que Noah essaie de lui faire croire. Je suis sûre que c'est lui qui a tué la mère de Mei... et Holly.

Miriam haussa les épaules. Penser à la mort de Holly lui était insupportable. Elle se leva à contrecœur.

— J'ai promis à Jed que j'irais le voir jouer ce soir. Il faut que je rentre chez moi me changer. Tu es sûre que tu ne veux pas venir avec moi ? demanda-t-elle.

Judie se retourna vers ses hamsters.

« C'est incroyable ce qu'elle aime ces bestioles, s'étonna Miriam. Je n'arrive pas à croire qu'elle se dépêche de quitter le lycée uniquement pour les retrouver. »

— Je t'en prie, n'y va pas, Miriam. Je parle sérieusement, finit par dire Judie.

Bien que le ton de sa voix ait été très posé, Miriam ne put réprimer un frisson.

— Que veux-tu qu'il se passe pendant un match de basket ?

— Je ne sais pas, répondit Judie. Mais j'ai un mauvais pressentiment. Je sens qu'il va arriver quelque chose, ce soir. Quelque chose de terrible.

20

La mère de Miriam la déposa devant le gymnase. Malgré son insistance, Judie avait refusé de revenir sur sa décision. Elle tenait absolument à rester calfeutrée chez elle.

« Peut-être que, de nous deux, c'est elle la plus maligne », se dit Miriam en poussant les portes du gymnase.

Elle était arrivée une heure et demie en avance dans le seul but de passer un moment avec Jed. La scène de l'après-midi lui avait en effet laissé un désagréable sentiment de culpabilité.

Comment avait-elle pu croire un seul instant que Jed était le meurtrier ?

Jed. Il n'avait, cela était évident à présent, aucune raison de tuer Holly. Absolument aucune.

Elle avait eu tort de l'accuser ainsi et elle tenait à s'en excuser. Il ne fallait pas que tout cela le perturbe pendant ce match important.

Miriam parcourut le long couloir désert. Il était trop tôt pour y rencontrer qui que ce fût. Elle bifurqua vers le couloir qui menait aux vestiaires des hommes et remercia sa bonne étoile.

Jed était là, seul, devant la fontaine d'eau potable.

Il se pencha au-dessous du petit jet et, avant qu'elle n'ait eu le temps de l'interpeller, elle le vit engloutir une petite pilule rose avec une gorgée d'eau.

— Jed!

Il releva la tête comme un animal traqué.

— Miriam! Tu m'as fichu une de ces trouilles! parvint-il à dire.

Elle s'approcha en souriant.

— Excuse-moi. Tu prends des médicaments?

— Euh, non, juste des vitamines que j'ai trouvées dans une boutique nutritionniste, à Waynesbridge, expliqua-t-il. Ça me donne un coup de fouet avant les matchs.

Elle fit un signe de tête.

— Jed, je...

Il l'interrompit d'un geste de la main.

— Ne t'excuse pas, Miriam, c'est moi qui suis un imbécile.

Elle sourit.

— Ah! oui! Maintenant que tu me le dis...

— Écoute, si tu veux, on va faire un pacte, tous les deux, proposa Jed. Ne dis rien pour l'instant. Je vais aller à ce match filer une raclée à ces mauviettes de Reed Valley et récolter une petite dizaine de propositions de bourses d'études. Après, on fêtera ça tous les deux. En amoureux. Qu'est-ce que tu en dis?

Elle rit.

— J'en dis que ce serait génial.

— Bon. Il faut que j'aille m'échauffer maintenant.

Il effleura ses lèvres et elle frissonna au contact de sa bouche.

— Jed?

Il se retourna.

— Massacre-les!

Au troisième quart, Jed avait déjà marqué vingt et un points. Malgré cela, Reed Valley continuait de mener 52 à 45.

C'était la première fois que Miriam assistait seule à un match de basket. Elle était tellement prise par le jeu qu'elle n'eut pas même le temps de s'en faire la remarque.

Pendant un temps mort, elle laissa son regard errer dans les gradins. Et s'arrêta, stupéfaite. Noah Brennan l'observait.

Elle se raidit.

Pourquoi la regardait-il ainsi ?

Elle parcourut des yeux l'assistance, à la recherche de Mei. Sans succès. Elle ignora Noah et se concentra à nouveau sur le match.

Jed dribblait maintenant sur toute la longueur du terrain et hurlait des consignes à ses équipiers. Il passa le ballon à Gary mais celui-ci rata un tir à distance. Un joueur de l'équipe adverse saisit la balle au rebond et fila à toute allure à l'autre bout du terrain.

Jed parut extrêmement contrarié. Elle l'entendit crier quelque chose à l'adresse de Gary. Reed Valley marqua à nouveau.

Miriam gémit.

Jed écumait. Il se jeta sur le ballon que l'arbitre venait de remettre en jeu et le repassa violemment à Gary.

Miriam regarda à nouveau vers les gradins.

Noah avait disparu.

Jed se rapprochait du panier en dribblant comme un fou. Il allait sauter pour marquer, quand un joueur de Reed Valley s'interposa. Jed ne fit rien pour l'éviter. Le joueur s'écroula.

Un coup de sifflet retentit pour sanctionner la faute commise par Jed.

Il explosa et fit rebondir violemment la balle sur le terrain.

Elle vola à six mètres de hauteur. La foule retint son souffle. Jed se dirigea alors vers l'arbitre en vociférant. Miriam était trop loin pour l'entendre distinctement. Elle se mordit la lèvre : s'il continuait de contester la décision de l'arbitre, il serait pénalisé pour faute technique. Peut-être même expulsé.

« Arrête, Jed ! Arrête ! » l'implora-t-elle silencieusement.

Gary empoigna Jed et l'éloigna de l'arbitre. Trop tard. L'arbitre siffla la faute technique.

Jed se mit à hurler, par-dessus l'épaule de Gary.

Soudain, un joueur de Reed Valley cria quelque chose à l'adresse de Jed.

Jed fonça.

Et se jeta sur lui.

Il lui décocha dans la mâchoire un coup de poing d'une telle force que la tête du joueur valsa. On eût dit que sa nuque allait se briser tant le choc avait été violent.

Le joueur s'écroula. Jed se rua sur lui et lui plaqua ses deux mains sur la gorge. Puis, tel un forcené, il se mit à cogner son crâne sur le sol. Fort, plus fort.

Miriam poussa un hurlement.

Il était en train de le tuer !

Alors, elle *sut* ce qui s'était réellement passé.

Tout devint clair.

Ce qu'elle entrevit était si atroce et si vraisemblable qu'elle se sentit paralysée d'horreur.

Jed. Il avait serré de toutes ses forces le foulard bleu autour du cou de Holly. Jed, cramoisi, haineux, avait commis cet acte monstrueux.

C'était ça la vérité.

Jed avait tué Holly !

Un frisson de terreur pure la secoua.
Que faire, maintenant qu'elle savait? Le désespoir l'envahit; elle se sentait absolument seule.

21

Le souffle court, elle fit un effort démesuré pour recouvrer son sang-froid.
Tout était clair, à présent.
Holly avait découvert quelque chose à propos de Jed. Et il l'avait appris.
Personne ne pouvait garder un secret dans cette école. Jed s'était aperçu que Holly *savait*. Il avait attendu que tout le monde ait quitté les lieux. *Et il l'avait assassinée!*
Miriam sentit le sang battre à ses tempes.
« Oh! Jed! se lamenta-t-elle, tandis que des images abominables se superposaient dans sa tête. Pourquoi as-tu fait ça? *Pourquoi? Pourquoi?* »
Mei et Noah avaient dit la vérité. Seulement, elle avait été trop aveuglée par l'amour pour pouvoir l'admettre.
Elle se pétrifia lorsqu'elle vit que l'on traînait Jed hors du terrain. Il était cramoisi et suffoquait, tout en se tenant la tête à deux mains comme s'il avait mal. Il n'arrêtait pas pour autant d'insulter tout le stade. Il ne fallut pas moins de trois joueurs pour le maîtriser et le sortir du terrain.
Il ouvrit la porte des vestiaires d'un coup de pied et s'engouffra à l'intérieur. Seul. Fou de rage.
Les yeux de Miriam se gonflèrent de larmes.
« Fiche le camp d'ici », s'ordonna-t-elle.
Elle attrapa son sac et son manteau et se fraya un

passage le long de la rangée de spectateurs assis. Elle parvint au bout des gradins et se précipita vers la sortie.

Elle ne pourrait jamais lui cacher ce qu'elle venait de découvrir. Il le verrait immédiatement. Elle ne pourrait pas mentir, ou faire semblant. Il verrait dans ses yeux qu'elle savait. Et il saurait ce qu'il lui restait à faire...

Elle se mit à courir à perdre haleine.

Le froid lui cinglait le visage mais elle s'en moquait. Plus rien n'avait d'importance désormais. Elle n'avait plus le temps d'avoir peur.

Miriam songea à Judie qui n'habitait qu'à quelques pâtés de maisons de là. Elle devait être chez elle à cette heure-ci. Elle lui avait assuré qu'elle ne bougerait pas de la soirée.

Miriam traversa le parking au pas de course. Elle n'avait qu'une idée en tête : voir Judie, lui parler.

C'est au milieu du parking qu'elle reconnut le bruit.

Le bruit caractéristique des portes du lycée que l'on ouvrait. Elle l'avait entendu des milliers de fois.

Quelqu'un venait de quitter le bâtiment.

Elle s'arrêta, haletante, et balaya du regard les voitures garées sur le parking.

Personne.

Frissonnant de peur et de froid, elle se remit à courir.

Et s'immobilisa de nouveau en entendant des pas sur l'asphalte.

Le cœur battant, elle fit volte-face et scruta les ténèbres.

Ses yeux s'arrêtèrent sur une silhouette qui avançait rapidement.

Elle venait de surgir de l'ombre et marchait dans sa direction.

22

Miriam se glissa derrière une voiture et se haussa jusqu'à hauteur de la vitre afin d'observer l'inconnu.

Qui était-ce ?

Elle mit sa main sur sa poitrine, tentant désespérément de ralentir les battements de son cœur. Ravalant sa peur, elle fouilla des yeux le grand espace rempli de véhicules.

C'était un homme. Grand et élancé. Il se déplaçait vite et avec souplesse. A voir sa démarche assurée, il savait parfaitement où il allait.

Son pouls s'accéléra.

Était-ce Jed ?

Elle ne parvenait pas à distinguer ses traits.

Les réverbères de l'école inondaient le parking d'une lumière blafarde sur laquelle se découpait la silhouette. Elle ne parvenait à identifier ni son visage ni ses vêtements.

Pourquoi serait-ce Jed ? se dit-elle. Il y avait fort à parier qu'il se trouvait toujours dans les vestiaires. Elle l'imaginait assez bien en train de passer sa colère sur les murs ou les casiers. N'importe qui avait pu quitter le gymnase. Cela aurait pu être quelqu'un qui avait décidé de ne pas attendre la fin du match. Ou quelqu'un qui avait besoin de prendre l'air.

La silhouette s'immobilisa.

Elle vit l'homme serrer les poings.

Et tourner lentement la tête comme pour inspecter le parking.

« Arrête de te raconter des histoires », se sermonna-t-elle.

Ce ne pouvait être que Jed.

Qui d'autre ?

Soudain, elle repensa à Noah. Au regard noir qu'il lui avait jeté, là-haut, dans les gradins. Elle se souvint qu'il avait quitté son siège dès qu'il l'avait aperçue.

Elle cligna des yeux.

Jed ou Noah ? Comment savoir ?

L'ombre se remit en marche. Elle avançait dans sa direction d'un pas plus vif encore.

Miriam n'avait plus aucun doute : elle devait fuir. A tout prix.

Pliée en deux, elle se faufila entre les voitures. Parvenue au dernier véhicule de la rangée, elle se redressa et piqua un sprint.

Elle se moquait de savoir s'il l'avait vue ou non. Elle avait très peu d'avance sur lui, cinquante mètres à peine. Il fallait à tout prix qu'elle maintienne la distance.

— *Miriam !*

Elle faillit défaillir en entendant son nom.

Elle reconnut immédiatement la voix.

C'était bien Jed.

Elle détala, fuyant à toutes jambes.

— Miriam, attends ! Arrête-toi !

Elle ne ralentit même pas.

Jed était un athlète entraîné, il n'aurait aucun mal à la rattraper.

Et ensuite...

— Miriaaaam ! Arrête-toi !

Elle obliqua dans la rue de Judie. Les maisons se dressaient dans l'obscurité, comme autant d'ombres noires et menaçantes. Même si elle appelait à l'aide, personne ne l'entendrait.

Elle ne s'était jamais sentie aussi seule de sa vie. La peur de la mort la galvanisa, lui donnant la force de continuer à courir.

Elle jeta un coup d'œil en arrière. Mais elle ne vit rien

que les ombres des arbres le long des trottoirs et les cercles jaunes que les réverbères dessinaient sur le sol.

Il n'y avait personne dans la rue.

Son poursuivant avait disparu.

Elle ralentit, hors d'haleine, le flanc gauche transpercé d'une douleur aiguë.

Elle s'adossa à un arbre, prenant bien soin de rester tapie dans l'ombre, et scruta les ténèbres.

Mais il n'y avait personne.

Elle aperçut la maison de Judie à peu de distance. Elle avança doucement, sans cesser de regarder autour d'elle.

Où était-il donc passé ?

Avait-il renoncé à la suivre ? Elle avait vu sa voiture sur le parking de l'école. Peut-être était-il allé la chercher ?

Mais dans ce cas, comment saurait-il quelle direction elle avait prise ?

« C'est un malade mental, se dit-elle. Il serait capable de fouiller la ville entière pour me retrouver, quitte à y passer la nuit.

« *Jed*, se dit-elle, désespérée, comment as-tu pu faire une chose pareille ? »

Comme s'il l'avait entendue, Jed jaillit des ténèbres et lui bloqua le passage.

23

— Miriam ! appela-t-il.

Elle se mit à crier.

Il se jeta sur elle.

Et lui couvrit la bouche de sa main.

Elle le mordit de toutes ses forces.

Il hurla et la retira aussitôt.

Miriam sentit la rage l'envahir. Hors d'elle, elle se précipita sur lui et lui enfonça son genou dans le ventre.

Il étouffa un cri et se plia en deux, le souffle coupé.

Elle le regarda sans bouger, atterrée. C'était la première fois qu'elle frappait quelqu'un.

Il laissa échapper un râle de douleur. Elle eut peur et fit un pas de côté.

Tremblant de tous ses membres, elle se remit à courir.

Elle rassembla ses dernières forces et parvint, hors d'haleine, jusqu'à la maison de son amie. Elle gravit quatre à quatre les marches du perron et tambourina à la porte jusqu'à ce que la lumière du porche s'allume enfin.

La porte s'ouvrit lentement.

Miriam s'engouffra à l'intérieur, bousculant Judie sur son passage.

— Miriam ! Qu'est-ce qui se passe ? s'exclama Judie, médusée.

Incapable de parler, Miriam essayait désespérement de reprendre son souffle.

Judie la fixait sans comprendre.

Soudain, Miriam se jeta sur la porte, la referma avec violence et poussa le verrou.

— Oh ! non ! fit Judie, une main sur la bouche. Ne me dis pas que Mei et Noah...

Miriam secoua vigoureusement la tête. Elle inspira profondément et parvint à dire, dans un souffle :

— C'est Jed !

Judie écarquilla les yeux.

— *Jed ?* Mais c'est impossible !

— C'est lui, je te dis ! hoqueta Miriam. C'est lui l'assassin. Va fermer la porte de derrière !

— C'est déjà fait, répondit-elle. Mais, Miriam...

Sa voix se brisa.

Miriam la regarda plus attentivement. Judie était dans un état épouvantable.

Elle était en pyjama, des chaussons aux pieds. Ses yeux étaient gonflés et injectés de sang, comme si elle avait longtemps pleuré. Ses cheveux étaient emmêlés.

— Judie ! Qu'est-ce qui s'est passé ? s'écria Miriam.

— Ce n'est pas Jed... ce n'est pas Jed l'assassin ! balbutia Judie, les larmes aux yeux.

Miriam étouffa un cri de surprise.

— Quoi ? Qu'est-ce que tu racontes ? Comment le sais-tu ?

Judie éclata en sanglots.

— Il y a eu deux autres meurtres, murmura-t-elle d'une voix tremblante. Deux morts de plus. Ce soir.

24

Miriam ouvrit la bouche, mais aucun son n'en sortit.

— Viens, supplia Judie.

Elle lui prit le bras et la mena à l'étage.

— Judie ? Où est-ce que tu m'emmènes ? Il faut qu'on appelle la police. Jed est dehors et...

— Mei et Noah sont venus ici, coupa Judie. J'étais seule à la maison parce que ma mère travaille tard, ce soir. Je m'étais endormie devant la télévision, en bas. C'est un bruit qui m'a réveillée.

Elles gravirent la dernière marche. La chambre de

Judie était juste devant elles, la porte légèrement entrouverte. Une lumière jaune baignait le couloir.

Miriam frissonna, anxieuse de savoir ce que Judie allait lui révéler.

— Mei et Noah sont venus et voilà ce qu'ils ont fait! cria-t-elle en poussant si fort la porte que celle-ci, sous le choc, vint heurter le mur.

Miriam prit son courage à deux mains et entra. A première vue, tout lui sembla normal. Les posters aux murs. La stéréo sur l'étagère. Le lit parfaitement fait...

Ses yeux longèrent le mur, derrière le lit.

Jusqu'à l'étagère sous la fenêtre.

Jusqu'aux flaques sombres sur la moquette.

Jusqu'aux deux petites masses brunes, juste à côté des flaques.

Miriam étouffa un cri.

25

Les deux hamsters gisaient dans une mare de sang.

N'en croyant pas ses yeux, Miriam avança d'un pas.

— Oh! nooon! fit-elle en découvrant leurs petites têtes.

Leurs têtes.

Elles avaient été écrasées. Écrabouillées.

Ainsi que leurs petits corps doux.

Disloqués et éventrés.

Piétinés.

Miriam se plaqua une main sur la bouche, refoulant une violente envie de vomir.

— Ils ont laissé un mot, dit Judie, qui tremblait d'émotion.

Elle prit une feuille de papier sur son bureau et lut :
— « Les hamsters aujourd'hui... vous demain. »
Miriam chancela et s'appuya contre le mur, les jambes en coton.
— Oh ! Judie ! gémit-elle. Judie !
Judie secouait la tête, retenant ses larmes.
Miriam parvint à se ressaisir et se redressa.
— Il faut prévenir tout de suite la police !
— Le téléphone est dans la chambre de ma mère, expliqua Judie. Tu veux bien venir avec moi ? J'ai trop peur d'y aller seule.
— Bien sûr, dit Miriam en la prenant par l'épaule.
Elles sortirent de la chambre et traversèrent le couloir.
Judie se laissa tomber sur le lit de sa mère. Elle s'essuya les yeux en reniflant et composa le numéro de police secours.
Miriam s'approcha de la fenêtre. Ainsi, Mei et Noah étaient les assassins. Ce n'était pas Jed. Pourquoi, dans ce cas, l'avait-il poursuivie ?
Où était-il maintenant ? Il n'y avait personne dehors.
Elle entendit Judie raccrocher.
Elle se retourna, ne sachant pas quoi dire.
Judie la dévisageait, les yeux rougis, empreints d'une tristesse indescriptible. Elle adorait ses hamsters.
Miriam en avait froid dans le dos.
Comment Mei et Noah avaient-ils pu faire une chose pareille ? Que leur réservaient-ils maintenant ?
Judie se mit à pleurer.
Miriam lui tendit un mouchoir.
— Tu ne veux pas t'habiller avant que la police arrive ?
— Je ne peux pas retourner dans ma chambre avec Lizzy et Tilly par terre, comme ça... parvint-elle à articuler.

— Ne t'inquiète pas, Judie. Je vais y aller et je vais les recouvrir avec un morceau de tissu. Comme ça, tu ne les verras pas, promit Miriam.

Judie marmonna un vague remerciement.

— Attends-moi ici, ajouta Miriam.

Elle sortit et traversa le couloir qui menait à la chambre de son amie.

Elle chercha des yeux un tee-shirt, un manteau, n'importe quoi pouvant servir à dissimuler les deux cadavres. Elle avisa la porte du placard et l'ouvrit.

Elle passa en revue l'étagère à la recherche d'une boîte quelconque. Mais elle ne trouva que des pulls. Baissant les yeux, elle vit qu'un tee-shirt noir et rouge avait été jeté en boule sur le sol. Ses extrémités semblaient pratiquement nouées ensemble.

« Il doit être sale, pensa-t-elle. Je suis sûre que Judie ne m'en voudra pas si je l'utilise. »

Elle se pencha pour le ramasser.

Le linge était humide. Et extrêmement lourd.

Miriam referma la porte du placard d'un coup de pied et s'avança vers la lumière.

Le tee-shirt se défit.

Un objet s'en échappa et tomba sur la moquette avec un bruit sourd.

Elle baissa les yeux, surprise.

Ses mains étaient couvertes de sang.

26

Elle réprima un cri et lâcha le tee-shirt.

Il était taché de sang. Et chaud.

— Judie? appela-t-elle d'une voix étranglée.

« *Qu'est-ce qui se passe ici ?* »

Elle baissa les yeux et reconnut immédiatement l'objet qui venait de tomber à terre. C'était le vieux marteau de tapissier. Celui qui avait appartenu au père de Judie et auquel il manquait une dent.

La tête de l'outil était maculée de sang; des morceaux de chair ainsi que des petites touffes de poils y étaient encore collés.

« *Non, ce n'est pas possible! Je nage en plein cauchemar!* » se dit Miriam.

D'un coup de pied, elle fit valser au loin le tee-shirt souillé et recula jusqu'à ce qu'elle heurte le bureau.

— Miriam, ça va? demanda Judie, qui venait d'apparaître dans l'encadrement de la porte.

Miriam tourna lentement la tête vers son amie et vit briller dans ses yeux une lueur démoniaque.

Judie regarda le tee-shirt, puis les mains tachées de sang de son amie.

Ses traits se tordirent de colère.

Miriam comprit alors ce qui s'était réellement passé.

Judie avait tué ses hamsters.

De ses propres mains.

Sa tête se mit à lui tourner. Elle n'arrivait pas à y croire.

Et pourtant, la preuve était là, à ses pieds, sur la moquette maculée de sang.

Pourquoi? Pourquoi Judie avait-elle fait cela?

Leurs regards se croisèrent. Judie baissa lentement les yeux sur le marteau.

Des siècles semblèrent s'écouler.

Et brusquement, Miriam sentit le danger.

— Judie... s'il te plaît...

Mais Judie s'était déjà précipitée sur le marteau.

Miriam se jeta à terre, et sentit le manche chaud et lisse au bout de ses doigts.

Elle l'agrippa et le serra de toutes ses forces.

De son côté, Judie avait réussi à attraper la tête de l'outil.

Elles roulèrent ensemble sur la moquette.

— Pourquoi ? Pourquoi as-tu fait ça ? hurla Miriam.

Judie lui assena un violent coup de coude dans les côtes. La douleur fusa, lui coupant le souffle.

Pantelante, Miriam resserra sa prise sur le manche. *Il ne fallait à aucun prix laisser Judie s'en emparer !*

Judie secoua le marteau comme une forcenée mais Miriam tint bon. Folle de rage, Judie tenta de lui assener un autre coup.

Miriam esquiva l'attaque de justesse.

— Non ! Judie, arrête ! C'est moi ! Miriam !

De sa main libre, Judie saisit les cheveux de Miriam et les tira violemment en arrière.

Miriam poussa un cri strident et roula sur le dos.

Judie se jeta sur elle. Le marteau était maintenant entre elles.

Miriam sentit une masse chaude et molle sous son dos.

Elle eut un hoquet de dégoût en s'apercevant qu'elle venait de rouler sur les hamsters mutilés.

Elle étouffait et sentit qu'elle lâchait prise.

Judie grogna et parvint à lui arracha l'outil des mains.

Miriam vit le marteau s'élever en l'air, au-dessus d'elle, près de s'abattre.

Elle gémit et se protégea le visage des bras.

Judie avait apparemment opté pour une cible plus facile.

Le marteau s'écrasa sur la rotule de Miriam.

Elle hurla de douleur et se mit à frapper aveuglément, anesthésiée par la douleur qui se propageait dans toute sa jambe. L'un de ses poings toucha Judie en pleine mâchoire.

Judie émit un râle sourd et se redressa. Miriam en profita pour rouler sur le côté et se dégager.

Elle rampa jusqu'à l'autre extrémité de la chambre et vint s'adosser contre la porte close du placard, tenant son genou à deux mains. Un tremblement irrépressible la secouait.

Miriam se rendit compte avec effroi qu'elle était à bout de forces.

Judie se releva lentement, massant sa mâchoire.

— Jolie droite ! lança-t-elle. Je ne pensais pas que tu avais tant d'énergie.

Miriam secouait la tête.

« *Non, non, non !* »

Judie souleva à nouveau le marteau.

— C'est toi ! s'écria Miriam en haletant. C'est toi qui les as tués !

Judie acquiesça, le regard vide.

— Pourquoi ? Pourquoi as-tu tué Holly ? Elle était ton amie !

— C'était une garce ! corrigea Judie. Il fallait qu'elle meure. Elle se moquait de Gary. Il était amoureux d'elle et elle s'en fichait éperdument.

Miriam la regarda, les yeux écarquillés.

— Tu as tué Holly à cause de *Gary* ?

Judie fit signe que oui.

— Je l'aime. Je l'ai toujours aimé ! C'est le garçon le plus extraordinaire que je connaisse, j'ai de la chance d'être sa voisine. Quand on est ensemble, on s'amuse, on parle tout le temps. On s'est même embrassés, une fois, figure-toi. Je parie que t'étais même pas au courant !

— Non, je ne le savais pas, murmura Miriam.

Mais cela ne changeait rien à rien. Cela ne voulait pas dire que Holly avait mérité de mourir.

Judie était malade. Complètement malade.

— Je ne voulais pas la tuer, poursuivit Judie comme si elle avait lu dans ses pensées. Mais il fallait que je l'arrête. Elle brisait le cœur de Gary. Je ne pouvais pas la laisser continuer.

Miriam fouilla désespérément la pièce des yeux à la recherche d'une arme. D'une issue. Mais elle ne vit que Judie debout devant elle, menaçante, le marteau entre les mains.

— Tout ce que je voulais, c'était lui parler. La convaincre de quitter Gary. Comme ça, il aurait été à moi...

Elle eut un regard halluciné et se mit à crier :

— Je ne sors pas avec quelqu'un qui est déjà pris, moi ! Je ne ferai jamais ce que Holly a essayé de faire à Mei ! Rien que pour ça, elle méritait de mourir !

— Oh ! Judie...

— Tais-toi, Miriam. Ferme-la ! Je ne veux plus entendre un seul de tes sales petits mots de réconfort ! C'est sans espoir ! Nous sommes tous venus sur cette terre pour souffrir. Alors que Holly, elle, n'a jamais eu à souffrir de quoi que ce soit.

Un voile de colère ternit son regard.

« Elle est cinglée », constata Miriam, atterrée.

— Holly s'est moquée de moi quand j'ai commencé à lui parler de Gary. Comme s'il avait été sa propriété exclusive ! Comme s'il n'avait aucun sentiment ! Elle a ri et s'est moquée de moi ! Elle a dit que le jour où elle serait avec Noah, elle me laisserait Gary. Elle parlait de lui comme d'un vulgaire morceau de viande !

— Que... Qu'est-ce que tu as fait ? demanda Miriam dans un souffle.

— Elle n'arrêtait pas de rigoler. Alors je l'ai attrapée. Elle était peut-être belle mais c'était une chiffe molle. Elle n'a même pas riposté.

Elle ricana :

— Il ne m'a pas fallu longtemps pour qu'elle arrête de rire, crois-moi. J'étais tellement contente... Elle avait mérité de mourir. Toutes ces rumeurs qu'elle avait fait circuler sur Mei et Noah pour qu'ils se séparent. Cette façon qu'elle avait d'humilier Gary...

— Tu es malade! murmura Miriam. Holly n'était pas ce que tu dis. Elle te faisait marcher, c'est tout. Elle pensait que tu étais son amie.

— Tais-toi, Miriam!

Son visage s'éclaira soudain.

— Tu sais quoi? reprit-elle. Le plus marrant, c'est que ce sont ses commérages qui m'ont servi d'alibi. Elle t'avait dit qu'elle avait entendu Mei menacer de tuer sa mère. J'ai juste eu à me servir de cette information. C'était tellement simple. La mort de la mère de Mei était accidentelle. Mais même toi tu as cru à la culpabilité de Mei! Tu n'en as même jamais douté.

— Si, justement! rétorqua Miriam, qui sentit aussitôt à quel point sa réponse manquait de conviction.

— Oui, c'est ça! ironisa Judie.

— C'est fini maintenant, Judie, prévint Miriam en tentant de prendre une voix posée. Jed sera ici d'une minute à l'autre. Il m'a vue entrer chez toi.

— Je le tuerai lui aussi, fit-elle. Tu as été jusqu'à croire que c'était lui le meurtrier, ricana-t-elle. Dis-moi, Miriam, est-ce qu'il y a une seule personne que tu n'as pas suspectée?

— Tu n'as aucune chance de t'en tirer, Judie!

— Avec vous deux morts? Je crois que si, justement. Je dirai qu'il est entré chez moi par effraction, qu'il a tué mes hamsters, qu'ensuite il t'a achevée. Alors je l'ai tué. Légitime défense. Simple comme bonjour.

Miriam se sentit désespérée. Il fallait qu'elle fasse quelque chose. Mais quoi, avec ce genou qui la clouait au sol ? Elle ne pouvait plus se battre. Son seul espoir, c'était de réussir à convaincre Judie de ne pas la tuer.

« Tu parles d'un espoir ! » se dit-elle, à demi vaincue.

— Judie, tu es mon amie. Comment peux-tu...

— Je ne suis pas ton amie ! grinça Judie. Il faut toujours que tu fourres ton nez partout, comme Holly ! J'ai essayé de te protéger ! J'ai essayé de te faire croire que c'était Noah ! Mais il a fallu que tu ailles fureter là où tu n'aurais pas dû.

Miriam soupira.

— Tu me détestes !

Judie secoua la tête.

— Tu es toujours tellement contente ! Tu me rends malade avec ta bonne humeur. Tout ce que je ressens pour toi, c'est de la pitié. Regarde-toi ! C'est la première fois de ta vie que tu as mal quelque part et tu es déjà complètement anéantie. Tu n'es qu'une faible !

Judie considéra le marteau dans sa main.

— Tu n'as jamais eu le moindre problème, ajouta-t-elle.

Le marteau s'éleva.

— Eh bien, maintenant, tu vas en avoir !

Miriam se raidit et se plaqua contre la porte.

— Judie, non ! Je t'en supplie !

Judie se pencha en avant, un rictus de triomphe aux lèvres.

27

Le marteau fouetta l'air au-dessus de Miriam.

— Tu vois ? Quand je te dis que tu n'es qu'une lâche !

— Judie, lâche ce marteau ! implora Miriam. Je t'aiderai, je te le promets.

Le sourire sur le visage de Judie se figea. Elle leva à nouveau le bras, en tenant l'outil par la tête.

« Elle est folle à lier, se répéta Miriam, sentant la terreur monter en elle. Elle est capable de tout. »

« De tout ! »

— Judie, écoute-moi...

— Personne n'a jamais compris, grommela Judie. Personne n'a jamais rien compris à ce qu'il y avait entre Gary et moi. Gary est un être exceptionnel. Mais ça, personne ne s'en est jamais aperçu.

Elle allait poursuivre, lorsqu'un bruit dans le couloir l'interrompit.

Miriam se tourna vers la porte.

Jed !

— Hé, qu'est-ce qui se passe, ici ? demanda-t-il, dévisageant les deux filles à tour de rôle.

— Jed ! Oh ! merci, mon Dieu ! s'écria Miriam.

« Je suis sauvée ! se dit-elle en laissant échapper un long soupir de soulagement. Jed est là. Tout va bien. »

— Jed, vite ! Attrape-la ! hurla-t-elle. C'est elle qui a tué Holly !

Vif comme l'éclair, Jed se rua sur Judie.

Judie s'écarta en brandissant le marteau.

— Nooooon ! hurla Miriam.

Le manche s'abattit sur la tempe de Jed.

Il ouvrit la bouche en un cri muet et chancela, les

yeux dilatés de surprise, avant de s'écrouler sur la moquette.

Il ne bougea plus.

Judie se tourna vers Miriam.

— A ton tour, maintenant, dit-elle doucement.

28

Face contre terre, Jed poussa un gémissement.

Judie l'enjamba et se dirigea sur Miriam, le marteau à bout de bras.

Miriam sentait la douleur lui vriller le genou. Elle savait qu'elle était incapable de se tenir debout.

Mais elle ne pouvait pas rester à attendre que Judie la tue froidement.

— Je suis désolée, Miriam, s'excusa Judie sans que l'ombre d'un regret soit perceptible dans son regard.

Le marteau vola de nouveau.

Miriam se projeta sur le côté, protégeant sa tête de ses mains.

Sans savoir comment, elle parvint à se relever en s'appuyant au mur. Elle sautilla sur une jambe jusqu'à la fenêtre.

Elle se retourna et aperçut Judie qui la suivait, le marteau à la main.

— Je suis désolée ! Vraiment désolée ! Après ce soir, il ne me restera plus aucun ami. C'est triste, non ? Pas même mes hamsters ! Mes deux seuls vrais amis.

— Judie... tu te trompes... Je suis ton amie. Il faut que tu me croies.

Jed geignit à nouveau sur la moquette et releva la tête.

Judie se détourna pour le regarder.

Et offrit à Miriam la chance qu'elle attendait.

Elle se pencha sur l'étagère et saisit à deux mains le bocal des hamsters.

Elle le tint à bout de bras au-dessus de sa tête.

Puis le laissa retomber sur Judie.

Elle ferma les yeux ; la cage vint s'écraser sur elle dans un terrible bruit de verre cassé et de métal froissé.

Judie ne poussa pas un cri.

Elle laissa simplement échapper le marteau qui tomba sur l'un de ses pieds.

Et s'effondra.

Miriam regarda les débris de verre. Sa vue se brouilla tandis que sa douleur au genou se faisait de plus en plus aiguë.

Chancelante, elle prit appui sur le dossier d'une chaise.

« C'est fini. C'est fini ! »

Elle avait l'impression qu'un étau lui comprimait la poitrine tant elle avait de mal à reprendre sa respiration. Elle repoussa la chaise et se laissa tomber près de Jed.

Il remua légèrement en grognant et parvint à s'asseoir, frottant d'une main sa tempe meurtrie.

— Eh ben... murmura-t-il.

— Jed... ça va ?

Il cligna plusieurs fois des yeux.

— Ouais, ça va, répondit-il. Maintenant, ça va, précisa-t-il.

— Jed, je suis tellement désolée, avoua-t-elle en se serrant contre lui. Pour tout...

— Moi aussi, murmura-t-il.

— Je n'arrive pas à croire que j'aie pu douter de toi ! Que j'aie pu penser un seul instant que c'était *toi* qui avais tué Holly.

Jed émit un drôle de son. Il repoussa doucement Miriam.

— Il faut... il faut que je te dise quelque chose, Miriam...

— Quoi, Jed ?

— C'est *moi* qui ai tué Holly, Miriam.

29

Miriam le dévisagea sans comprendre.

— Quoi ? Mais qu'est-ce que tu racontes ?

— Miriam, tu n'as pas idée du nombre de fois où j'ai failli tout te raconter. C'est pour ça que je t'ai suivie, ce soir. J'ai tout perdu mais je ne voulais pas te perdre, toi, en plus.

Le cœur de Miriam se mit à battre à coups redoublés. Elle attendit qu'il poursuive, effrayée par ce qu'il allait dire.

Il inspira profondément.

— Il vaut mieux que je te raconte tout depuis le début. Il y a environ quatre semaines, j'ai commencé à prendre des anabolisants...

— Des anabolisants ? s'exclama Miriam, incrédule.

— Oui, je sais. C'était vraiment débile. Je sais.

— Mais pourquoi ?

— Il me fallait cette bourse. Il fallait que je les décroche toutes. Je voulais que tous les clubs de basket-ball possibles et imaginables se bousculent devant ma porte. Je savais que j'étais doué. Mais il fallait que je sois plus que doué. Que je sois époustouflant. Je me suis dit que les anabolisants m'aideraient...

Il secoua la tête.

— Ils ont eu cet effet-là pendant un moment. Je me sentais fort. Vraiment fort. J'avais une confiance totale en moi. Je n'avais jamais ressenti une telle puissance auparavant. Mais ça n'a pas duré longtemps...

— A cause des effets secondaires ? demanda Miriam.

— Mmm. Entre les migraines, les crises de panique et les sautes d'humeur, j'étais devenu un vrai zombie. Il y a eu des fois où j'ai vraiment pensé que j'allais tuer quelqu'un.

Miriam pressa sa main.

— Et alors ?

— Alors, Gary s'en est rendu compte. Il a essayé de me faire décrocher. Mais je ne l'ai pas écouté.

Miriam fronça les sourcils et serra plus fort son bras.

— Je ne comprends pas. Quel est le rapport avec la mort de Holly ?

Jed baissa les yeux.

— Gary aurait fait n'importe quoi pour elle. Elle n'arrêtait pas de lui demander ce que j'avais. Alors il a fini par le lui dire. Je pense qu'il s'en est voulu parce que, ensuite, il m'a avoué qu'il le lui avait dit.

Il s'interrompit.

— Le jour où elle a été tuée, poursuivit-il, je savais qu'elle avait décidé de rester après les cours. Comme j'avais prévu de faire de la musculation, je lui ai demandé de m'attendre dans le gymnase. Je voulais lui parler. Je voulais lui demander de ne pas te raconter l'histoire des anabolisants.

Il évita son regard.

— Les anabolisants m'avaient complètement détraqué, fit-il. Elle m'attendait dans le gymnase. Il m'a fallu pas mal de temps pour me ressaisir. Mais quand je suis sorti, il était déjà trop tard.

Il étouffa un sanglot.

— Je suis arrivé quinze minutes en retard. C'est pendant ce quart d'heure que Judie a tué Holly. Si je n'avais pas été si mal en point... si je n'avais pas été en retard, peut-être qu'elle serait toujours en vie à l'heure qu'il est.

Miriam l'attira contre elle.

— Il ne faut pas que tu penses ça, dit-elle d'une voix douce.

Derrière eux, Judie poussa un gémissement.

— Il faut qu'on appelle la police, déclara Miriam. Tout de suite.

Mais Jed garda son visage contre celui de Miriam.

— Tu veux dire que... que tu veux bien qu'on continue à se voir ? Si je te promets de ne plus jamais prendre une seule de ces saloperies de pilules, tu ne me... tu ne me quitteras pas ?

Miriam soupira, blottie contre lui.

— C'est ce qu'on dirait, en effet, murmura-t-elle.